JN213421

Sweet & Bitter《スウィート&ビター》

甘いだけじゃない
4つの恋の
ストーリー

気になるあの子の恋

高田由紀子　神戸遥真
小野寺史宜　柚木麻子

岩崎書店

Sweet & Bitter《スウィート＆ビター》

甘いだけじゃない
4つの恋の
ストーリー

気になるあの子の恋

プロローグ PROLOGUE

あなたには今、気になっている人がいますか？

もちろん、いてもいなくても大丈夫《だいじょうぶ》。

どうして気になるのかは、ケース・バイ・ケース。

気になるということは、自分以外の誰《だれ》かを気にかけているということ。

他者に興味を持ったり、自分と相手の関係を意識しているということ。

けれど、さまざまな場面で、あなたと気になる誰かとでは、

感じかたや考えかたが異《こと》なることもある、と気付いたりもするでしょう。

自分の気持ちも相手の気持ちも、推《お》し量るのは案外むずかしいもの。

けれど、気になることで新たな興味を持つのは、踏《ふ》み出す一歩。

新たな変化が訪《おとず》れるチャンスかもしれません。

自分だったらどうする？

そんなことを想像しながら、

甘《あま》いだけじゃないかもしれない、恋《こい》のストーリーをお楽しみください。

Sweet

甘いだけじゃない
4つの恋の
ストーリー

気になるあの子の恋

目次
contents

Bitter

Sweet

監修　合田文
装画　中島梨絵
装丁　原条令子デザイン室

王冠はきみに輝く

高田由紀子

YUKIKO TAKADA

今だけ、女子になれたらいいのに。

心の中でため息をつくと、ピアノの伴奏《ばんそう》に合わせてみんなが歌いはじめた。おれも口を開く。でもほとんど声は出さないまま、周りに合わせて口だけを動かす。

二月になった先週から、卒業式に向けた合唱の練習が始まった。おれたち六年生が歌う曲は「いつか、また」。人気のあるバンドの曲だが、卒業式でもよく歌われるようになり、特にサビのハモリの部分が泣けるといわれている。

今までは、クラスごとに女子が高音パート、男子が低音パートに分かれて練習していたけど、今日は六年生全員が体育館に集まり、初めていっしょに合唱をすることになった。

おれは、この曲も歌うことも大好きだ。うちではよく口ずさんでる。

でも今は、あまり歌いたくない。

指揮《しき》をしている音楽の広田《ひろた》先生と、視線《しせん》が合った。

今までの音楽の授業では大きな声で歌ってたのにどうしたの？　ほら、声出して。

そう言われている気がして、思わず目をそらす。

サビに入ると、女子の高音パートが体育館に響《ひび》きはじめた。のどの奥《おく》から高い声がせりあがってきそうになり、飲みこむように口を閉《と》じる。

ああ、高音パートで歌いたいなあ。変声期が来ていない今なら、まだ歌えるのに。

放課後。交差点で友だちと別れると、横断歩道の向こうに遠山七彩《とおやまななせ》の姿《すがた》を見つけた。七彩はうちの斜《なな》め向かいに住んでいる保育園からの幼《おさな》なじみで、クラスメイトだ。

走れば追いつくくらいの距離《きょり》だけど、少しためらう。

なぜかっていうと、七彩は今日、とても不機嫌《ふきげん》だったからだ。朝からずっとなにかに怒《おこ》っている感じがする。

いつもならおれやほかの友だちといっしょに登下校することの多い七彩が、一人でランドセルの肩《かた》ひもをぎゅっと握《にぎ》り、道をにらむようにしながら早足で歩いてる。朝もそうだった。いったいどうしたんだろう。

信号が青に変わると、おれは走った。

「七彩！」

いつもより険しい顔で振《ふ》り返った七彩《ななせ》は、すぐに表情を変え、いたずらっぽい目でおれの顔をのぞきこんできた。

「ねえ、今日の合唱練習のとき、ちゃんと歌ってなかったんじゃない？」

「な、七彩だって」

七彩も音楽の授業のときはいつもよく通る声で歌っているが、今日は声が聞こえてこなかった気がする。

「丈太《じょうた》、本当は高音パートで歌いたかったんじゃないの？」

「えっ、なんでわかるの？」

「塾《じゅく》から帰ってくると、丈太がお風呂《ふろ》で『いつか、また』のサビを裏声《うらごえ》で歌ってるのが、ときどき聞こえてくるし」

「マジで？」

おれはお風呂の湯気が苦手で、ちょっと窓《まど》を開けて入るくせがある。そして、それを忘《わす》れて歌ってしまう。お風呂って、すごく歌がうまく聞こえて気持ちいいんだよね。

「すみません。近所迷惑《きんじょめいわく》で」

おれはぺこっと頭を下げた。ようやく七彩がふふっとほほえむ。

「ぜんぜん迷惑じゃないよ。よくあんなに高くてきれいな声が出るなーって、いつもびっくりしてる」

「まだ変声期がきていないからね」

そう、おれはクラスで一番背《せ》が高いのに、まだ声変わりをする気配がない。きっと、もうすぐだと思うんだけど。

「そのうち高い声は出なくなるだろうし、今は高音で思いきり歌いたいって思ってるんだけど……。男子は低音パートって決まってるから、なんかやる気出なくてさ。どうして男子はサビが『ラララーラー』なんだよ」

おれが低い声でもう一度「ラララーラー」と歌うと、七彩が「歌えるじゃん」とつっこんできた。

「広田《ひろた》先生に言ってみれば？」

「むっ、むりむり。卒業式って、今までずっと六年生は男女に分かれて合唱してたし、いきなりおれがそんなこと言っても、わがままだって却下《きゃっか》されるだけでしょ」

だからって、歌わないことでひそかに抵抗《ていこう》してるのも、かっこ悪いとは思ってるんだけど……。

「わがままだとは思わないけどな。わたしは逆に低音で歌いたいし。ほかにも同じことを考えてる子がいるかもしれないよ」

「そうかなあ」

あれっ、七彩《ななせ》のことが心配で声をかけたのに、いつの間にかおれの話ばかりしてる。

七彩はおれや友だちが悩《なや》んだり落ちこんだりしてると、いつもこんな風に話を聞いて励《はげ》ましてくれる。だから今日くらいは、なにかあったのならおれが七彩の話を聞こうと思ったのに、けっきょくいつも通りになってしまった。

「な、七彩はなんか今日、怒《おこ》って……いや、元気なかった？」

もっとさりげなく聞ければいいのに、しどろもどろになってしまう。

七彩はふーっとため息をついた。

「実はさ、きのうの夜、ママと大げんかしたんだ」

「えっ、そうなの？」

七彩のお母さんはいつもにこにこして優《やさ》しそうだから、大げんかなんて想像がつかない。

「ママ、勝手にわたしの卒業式用の着物と袴《はかま》を申しこんでたの」

「袴？」

「卒業式に女子がよく着ているでしょ。着物の下にはく、長いスカートみたいな……」

「ああ、あれか」

去年までの卒業式を思いだす。男子はほぼ全員、進学する中学校の制服を着ていた気がするけど、女子はその袴っていうのと、スカートのスーツが半々くらいだったような。

「その袴っていうの、着たくない……んだね？」

聞くまでもない気がしたけど、いちおう確認《かくにん》する。

「うん、着たくない。だからわたしは中学の制服がいいって前から伝えていたのに、ないしょで予約してたんだって」

「そうだったんだ……。うちの母さんは『男子は中学の制服を着ればいいから、ラクだし余計なお金もかかんなくて助かる』なんて言ってたけど」

「うちのママも、わたしがスカートをはくんだったら、制服でもしぶしぶ許してくれたと思うんだけどさ、わたしがはきたいのは、スラックスだから」

「そっか、スラックス……」

おれたちの小学校から大半が進学するみどり野中学校は、三年前から制服が選択制《せんたくせい》になり、男女関係なく、スカートとスラックス、どちらを選んでもいいことになった。

初めてスラックスをはいている女子中学生とすれちがったときは、見慣れなかったせいもあってびっくりした。

でも家でその話をすると、母さんから「普段着《ふだんぎ》なら女子もズボンはいてるでしょ。スカートだけっていうのがおかしかったのよ」と言われ、そういえばそうだよねってすぐに納得《なっとく》した。

でも今までの卒業式で、女子のスラックス姿《すがた》を見たことはなかったかも……。

「ママ、かわいらしい服が好きで、本当はわたしにもそういう格好をしてほしいんだよ」

たしかに七彩《ななせ》のお母さんって、いつもワンピースとかスカートのイメージがある。

だけど、七彩がスカートをはいているのは見たことない。ずっとジーンズや細身のパンツだ。

「ママに『なんでそんなにこだわるの？　普段はがまんして七彩の好みを優先《ゆうせん》してるけど、卒業式の一日くらい華《はな》やかな姿が見たいと思ってもいいでしょ！』って叫《さけ》ばれてさ」

七彩は立ちどまると、地面に怒りをぶつけるように言った。

「なんで男子はみんなスラックスなのに、わたしはダメなわけ？　ほんとばかみたい」

七彩の気持ちもわかる気がする。でも、たしかにどうしてそんなに、かわいらしい格好がいやなんだろう？

「そこまでお母さんに言われても、やっぱスラックスのほうがいいわけ？」

「うん……。でも、どうしてかって聞かれると、ただ袴とかスカートに抵抗《ていこう》があるとしか言えなくてさ。それだけじゃ、だめなのかな。なにかほかに理由が必要なのかな……」

いつもハキハキしている七彩の声がだんだん小さくなり、ため息まじりになる。

「ごめん。なんかめんどくさいね、わたし」

おれは首をふるのがせいいっぱいだった。

今日はずっと七彩が怒ってるのかと思ってた。でももしかして、怒ってるだけじゃなくて、おれが想像している以上に悩《なや》んでいるのかもしれない。

小さな公園の前を通り過ぎると、うちと七彩の家が見えてきた。

「あの、あのさ、七彩《ななせ》はめんどくさくなんかないよ」

なんとか口を開くと、不器用に言葉を続けた。

「おれだって、母さんに『卒業式はみんなスカートで出るから丈太《じょうた》もスカートはけ』なんて言われたらいやだし」

もっといい感じのことを言ってなぐさめたかったのに、こんな言葉しか出てこない。

「丈太、ありがと。……それよりさ、もうすぐバレンタインだよね」

「あ、うん」

「期待しとくね」

ようやく七彩がにっと笑い、おれたちは家の前で別れた。


よし、今年のバレンタインは最高のお菓子《かし》を作るぞ。

家族で共有しているタブレットを手にとって、さっそくレシピの検索《けんさく》を始めた。悲しいことに、おれはまだスマホを持たせてもらっていない。

『バレンタイン　手作り　スイーツ』

入力すると、おいしそうなスイーツの画像がいくつも現れた。

苺《いちご》のミルフィーユ、エディブルフラワーを飾《かざ》ったガトーショコラ……。

レシピをながめているだけで、食べたときの味や香りを想像して、うっとりしてしまう。

小さいころは、七彩がお母さんと作ったチョコを、おれにプレゼントしてくれた。そしてホワイトデーには、うちの母さんが買ってきたキャンディとかマシュマロをお返しするのが定番だった。母さんは、お菓子を手作りするのが苦手なのだ。

でも小二のホワイトデーに、父さんと手作りしたクッキーを渡《わた》したら「丈太の作ったお菓子のほうがおいしい！」とおだてられ、なぜか次のバレンタインからはおれが友チョコ……ならぬ手作りの友スイーツを渡すという約束をさせられてしまい、毎年続いてしまっている。

しかも「せっかくだから、あがっていって」といつも七彩のお母さんに招かれ、なぜか毎年、自分の作ったお菓子を七彩といっしょに食べるという行事ができてしまった。

七彩は、お菓子は大好きだけど作ることにはさらさら興味がなかったらしく、きっと、手作りという儀式《ぎしき》から逃《のが》れたいだけだったのだ。でもおれはすっかりお菓子《かし》作りにはまり、今は趣味《しゅみ》になってしまった。

「丈太《じょうた》は背《せ》が高いんだから、なにかスポーツすればいいのに。もったいない」って友だちや先生にはよく言われる。

でもおれは寒い日に外でスポーツをするより、家でおいしいお菓子を作って、あったかい飲み物といっしょに食べるのが最高にしあわせなんだよね。

おれはロベタだから、七彩《ななせ》を上手に励《はげ》ますのは難《むずか》しい。だからせめて、おいしいお菓子を作りたい。そしてできれば、サプライズ的なこともしたい。

ふと、昨年のお正月に親戚《しんせき》が手土産で持ってきた「ガレットデロワ」のことを思いだした。アーモンドクリームをパイ生地で包んだ、新年を祝うフランスの伝統のお菓子だ。日本語でわかりやすく訳《やく》すと「王様のケーキ」という意味らしい。

パイ生地の中に、ひとつだけ「フェーブ」と呼《よ》ばれる小さい陶器《とうき》を入れて焼く。そして切り分けられたパイの中にフェーブが入っていた人には、一年の幸福がもたらされるという。

あのときは、母さんにフェーブが当たった。母さんに一年の幸福がもたらされたかどうかはわからないけど、ドキドキしながらみんなで食べたのは楽しかった。

レシピを検索《けんさく》する。「冷凍《れいとう》のパイシートを使えば案外かんたん♪」なんて書いてあるが、手順や気をつけることが多くて難しそうだ。でも、そのほうがうまくできたときの達成感があるはず。なにより、フェーブっていうサプライズがあるのがいい。

わくわくしてくるのと同時に、心に風が吹《ふ》きぬけるような気がした。

きっと、これがもう最後なんだよね。

おれは小学校を卒業したら、父さんの仕事の関係で遠くに引っ越《こ》すことが決まっている。みんなとも七彩とも別の中学に行く。何年かしたらまた戻《もど》れるかもしれないってことで、家はその間、ほかの家族に貸すことになっているけど……。

戻ってきたころにはもう、おれが手作りのお菓子を渡《わた》すことなんてないんだろうな。

さみしさを振《ふ》りはらうように、おれは材料をしっかりとメモした。

翌日《よくじつ》の土曜日。自転車に乗って、製菓材料が豊富にそろっている専門店《せんもんてん》に向かった。普段《ふだん》は近所のスーパーで材料を調達することがほとんどだけど、ネットで調べ、ここならフェーブも置いてあることがわかったからだ。

「……あった！」

天使、ハート……いろんな形のフェーブの中に、白い王冠《おうかん》を見つけた。二センチくらいの大きさで、ふっくらしていて、赤と黄色の模様《もよう》がかわいい。手でつまむと、お店のライトが当たってきらりと光った。

七彩《ななせ》、このフェーブを見つけたら喜んでくれるかな……？

帰り道は北風が強くなり、すぐに鼻の頭が冷たくなった。手袋《てぶくろ》を忘《わす》れてしまったから、ハンドルを握《にぎ》る手もかじかんでくる。

でも、七彩といっしょにガレットデロワを食べるのを想像すると、胸《むね》の奥《おく》がじんわりと温かくなってくるような気がした。

やわらかくした無塩バターにグラニュー糖《とう》をまぜ、さらに卵《たまご》とアーモンドパウダー、バニラエッセンス、ラム酒を入れてアーモンドクリームを作る。

丸くカットしたパイ生地にそのクリームをサンドし、縁《ふち》をフォークの背《せ》でしっかり押《お》さえていく。そして最後にパイ生地の表面に、ナイフで月桂樹《げっけいじゅ》の葉の模様を描《えが》く。レシピには『この模様でパイの美しさが決まる』と書かれていたから、息を止め、ナイフの刃先《はさき》への力をコントロールしながら、一枚《まい》一枚、ていねいに描いた。

「よし、できた！」

月桂樹の葉はしおれず「永遠性」をイメージさせることから、花言葉には「栄光」とか「勝利」っていう意味があるらしい。

オーブンの扉《とびら》をしめて「ふう」と息をつく。

しばらくすると、天体望遠鏡をのぞきこむようにパイの焼け具合を確認《かくにん》する。この瞬間《しゅんかん》がドキドキしてたまらないんだよね。

黒いオーブンの中って、宇宙《うちゅう》みたいだなっていつも思う。

さっきまで白っぽかったパイ生地が、少しずつ茶色く色づいていくのを見ていると、まるで生き物が生まれてくるような感じがしてわくわくする。アーモンドの甘《あま》くて香ばしい匂《にお》いが鼻をくすぐり、しあわせな気分がこみあげてくる。

どうか、うまくできますように……！

そう祈《いの》りながら、調理器具を洗《あら》い、お皿を用意して、もう一度オーブンをのぞいた。

「うそっ……」

アーモンドクリームが、二枚《まい》のパイのすきまから溶岩《ようがん》みたいに流れだしてしまっていた。

がっかりして体から力が抜《ぬ》け、疲《つか》れがおそってくる。

キッチンにやってきた父さんが失敗作を食べて「おいしいじゃん」ってなぐさめてくれたけど、笑顔になれない。

「これ、もしかして七彩《なせ》ちゃんにあげる、友スイーツの試作品？」

おれは無言で、こくこくとうなずいた。

「丈太《じょうた》にしては苦戦してるみたいだな。手伝おうか？」

「……大丈夫。あと三日あるし」

小さいころはいっしょに作ってもらったけど、やっぱり今回は自分の力でがんばりたい。

おれも失敗作を頬張《ほおば》る。うん、味はバッチリだ。だけど、ガレットデロワはやっぱり難易度《なんいど》が高すぎたかもしれない。

バレンタインに間に合わなかったら意味がないし、あきらめて他のお菓子《かし》にするしかないかな……。

月曜日。

卒業式の合唱練習が終わると、広田《ひろた》先生がパンパンと手をたたいた。

となりに立っているテツが、おれのわき腹《ばら》をひじでつついてくる。ほかのみんなも、ちらちらとおれに視線《しせん》を向けてきた。

「はい男子、全然声が出ていませんよ。低音が支えることできれいなハーモニーになるって伝えましたよね。ではもう一度歌います。次は女子に負けないようにがんばりましょう！」

広田先生のアドバイスにより、男子たちのテンションはさらに下がった。

放課後、交差点で信号待ちをしていると、テツたちが後ろから声をかけてきた。

「丈太～、なんで卒業式の歌、歌わないんだよ。広田ちゃんがうるさいだろ。『ハイ、ダンシ、ゼンゼンコエガデテイマセンヨッ』」

テツが広田《ひろた》先生の声まねをして、みんながげらげら笑う。すると、同じく信号待ちをしていた女子のグループが一斉《いっせい》にこっちを向いた。

ひそひそ話で盛《も》りあがっていた女子たちは「ね、丈太《じょうた》にも聞いてみない？」と視線を交差させた。

「あのさ、丈太って七彩《ななせ》と仲いいじゃん？」

グループの中心っぽいリマが、上目遣《づか》いで聞いてくる。

「な、仲いいっていうか、うちが目の前だし」

「じゃあ聞くけどさ、七彩って、やっぱりアレなの？　……トランスジェンダー」

リマは、なにかのぞいてはいけないものを見たときのような、ひそひそ声でいった。

「なんだよそれ？」

頭がカッと熱くなる。もう一人の女子が早口で言った。

「うちのママが七彩ママからちらっと聞いたみたいなんだけど、卒業式も中学の制服のスラックスで出るらしくてさ」

「おれたちと同じかっこで出るってこと？　スカートでよくね？」

テツがプッと笑う。

「ほら、ＬＧＢＴＱってやつ？　七彩ってずっとベリーショートだし、スカートはいてるのなんて見たことないじゃん。それに水泳の授業は出ていなかったし、トイレもほとんど行かないんだよ」

「はあ？　どういうこと？」

ぽかんとしているテツに、リマが声をひそめて言う。

「ほら、男子と女子で水着やトイレが違《ちが》うでしょ？　七彩は女で生まれたけど自分のことを男だと感じてるから、そういうのがつらいんじゃないかって……」

「か、勝手なこと言うなよ！」

おれの声の大きさに、リマがぎょっとしたように目を見開いた。

「えっ、差別とかじゃないよ？　中学生になれば、体育の授業は男子と女子で違うしさ。運動系《けい》の部活も男女で分かれてるし、どーすんのかなって心配してるんだよ」

「あっ、リマ、ちょっと」

ほかの女子がおれの後方を見てハッとすると、リマの肩《かた》をたたいた。

振《ふ》りかえると、七彩《ななせ》がやってくるのが見えた。わりと近くまで来ている。心臓《しんぞう》がぎゅっと縮《ちぢ》む気がした。もしかして、今の会話が聞こえていたかもしれない。

みんなは気まずそうな顔をすると、交差点を渡《わた》らず、そそくさと別方向に帰っていった。

信号が青に変わる。七彩とおれ、二人で横断歩道を渡る。

そのあとおれたちはだまって歩いた。おれはランドセルに連絡帳《れんらくちょう》と筆箱しか入れてないから、やたらカタカタと鳴り続ける。

七彩の顔を横目で控《ひか》えめに見た。

たしかに七彩はずっと髪《かみ》が短いし、低い声でさっぱりした話し方をしている。遊びも男子に交じることが多い。服装《ふくそう》だけでなく、バッグや文房具《ぶんぼうぐ》もスポーツブランドの黒や紺色《こんいろ》のものを使っている。

『七彩って、やっぱりアレなの？　トランスジェンダー』

リマの言葉が、何度も頭の中で再生される。

正直言うと、おれも七彩ってそうなのかなって思ったことはある。

でも、ひそひそと陰《かげ》でうわさをするなんてさ。おれのことを言われたわけじゃないのに、ムカムカして胸《むね》がざらついたままだ。

なのに、七彩になんて声をかけていいかわからない。情けない気持ちばかりがふくらんだまま歩いていると、おれたちの家の前につながる細い道に入った。

「あ、あのさ」

やっとの思いで、声をしぼりだす。

「今年のバレンタインは、サプライズをしかけるから、楽しみにしといて」

毛を逆立てたネコのようになっていた七彩が、ぷぷっと吹《ふ》きだした。

「それじゃ、サプライズにならないじゃん」

「あれっ、そ、そうか……」

「もう、しょうがないなあ、丈太《じょうた》は」

あきれた顔をした七彩が、ささやくように言った。

「ちょっと、話聞いてもらっていい……？」

おれがうなずくと、二人でみどり野第三公園に行き、ブランコに乗った。

みどり野第三公園は、おれの家の二軒《けん》となりと、そのとなりの家の間にある、謎《なぞ》の小さすぎる公園だ。家も建てられないほどの小さな空間に錆《さ》びたブランコと桜の木があるだけで、砂場《すなば》もすべり台もないし、狭《せま》い路地に面していてだれも来ない。

でも、おれたちはこの公園が気にいっていて、小さいころはよく二人で遊んだ。だけど、二人でブランコに乗るなんて、すごく久しぶりな気がする。

ブランコの鎖《くさり》をつかむとひんやりして、軽くこぎはじめると冷たい風が頬《ほお》をなでた。足を前に伸《の》ばさないと、すぐ地面についてしまう。

あっという間に、二人とも高く上がった。

「このブランコ、小さくなってないかー？」

「丈太《じょうた》がデカくなったんでしょー」

キイッ、キイ……。

キイッ、キイ……。

七彩《ななせ》が空に向かって叫《さけ》んだ。

「さっき、みんなが言ってるの、聞こえてたぞー」

「ああー、あんなの、気にするなーっ」

ブランコの動きに合わせると、いつもなら言えないような言葉がするっと出てきた。

しばらくこぐと、七彩がブランコを止めた。おれも止めると、七彩はぽつりと言った。

「わたし、トランスジェンダーじゃなくて、ＬＧＢＴＱのＱかも、って思ってるんだ」

「えっ、あの、Ｑって……？」

おどろいて、思わず聞きかえす。

「クエスチョニングとかクィアっていう二つの言葉の頭文字からきているんだって。わたしは……自分が女なのか男なのか、実はよくわからないんだ。そういう人のことをクエスチョニングって言うらしい」

なにそれ……？

思わず息を呑《の》む。

自分が女なのか男なのかわからない？　七彩が？

そんなことってあるの……？

「小さいころは、自分は女なんだと思ってた。かわいい服も別にきらいじゃなかったし。だけど、今は女らしい格好をすることや、女であることを決めつけられたりすることに、すごく抵抗《ていこう》があるんだ。だけど……」

「だ、だけど？」

おずおずと、続きをうながす。

「男になりたいのかって言われると、それも違《ちが》う気がする。男みたいな体になりたいとか、男として生きたいと思ったことないし」

じゃあ、いったい……。

「わからないし、決まってないんだよ」

七彩《ななせ》が空を見上げた。白い息が、うすい水色と灰色《はいいろ》がまじった冬の空に消えていく。

「いっそのこと、男になりたいってはっきり決められたらいいのにと思ったこともある。性別がわからないなんて、わたしはどこかがおかしいのかなって、ずっと悩《なや》んでたんだ」

ずっと……って、いつからなんだろう。

七彩がそんなことで悩んでるなんて、まったく想像もしていなかった。

「でも、ネットや本でクエスチョニングの存在《そんざい》を知って、わたしのほかにもこういう人がいるんだ、わたしだけじゃないんだってわかったとき、すごくホッとしたんだ」

七彩はかすかにほほえんだけど、すぐに目をふせた。

「だけど、ふつうは性別がはっきり決まっているほうがホッとするんだろうね。自分の性別も、人の性別も。だからあれこれ言われてしまう」

七彩の言葉はおれの胸《むね》をチクッと刺《さ》した。いや、心の奥《おく》をひっかかれたような気がした。だって今、七彩が大事なことを伝えてくれているのに、おれは受けとめきれていない。

「あの、そのこと、七彩のお母さんとかには……？」

七彩は首を小さく横にふった。

「言ってない。この前ケンカしたとき、本当はママにも聞かれたんだ。『七彩、もしかして男の子になりたいとか思ってないよね？』……って。すごく不安そうだった。クエスチョニングかもしれないなんて伝えたら、さらに混乱《こんらん》させるだけだと思うと、なにも言えなくてさ……」

声音は落ちついているけれど、夕暮《ゆうぐ》れの光に照らされた七彩の瞳《ひとみ》は、さびしい色でふるえているように見えた。

何か言わなきゃ。必死で口を開いたけれど、白い息をもらすことしかできなかった。

公園に冷たい風が吹《ふ》き、枯《か》れ葉がカサカサと音を立てて舞《ま》う。西の空がオレンジ色に染《そ》まると「丈太《じょうた》ごめん。塾《じゅく》に行かなきゃ」と言って、七彩《ななせ》は走って先に帰った。


家に帰ってベッドに倒《たお》れこむ。まだ胸《むね》がドキドキしている。

タブレットで「クエスチョニング」と検索《けんさく》し、サイトを開いた。

――クエスチョニングは、自身の性のあり方がまだわからない・決めていない・あえて決めない人のことを表現しています。

自分を男性だとも女性だとも思う人や、男性でも女性でもないと思う人もいて、性自認《せいじにん》はとちゅうで変わる場合もあります――。

やわらかいフォントの大きな文字をつぶやきながら読むけれど、気持ちが追いつかない。

目を閉《と》じると、ふーっと息をはいた。

おれは身体も性自認も男だと思っている。トランスジェンダーのように身体の性別と性自認が違《ちが》う人がいるのも知っていた。

でも、七彩みたいに決まっていない人もいるなんて、全然知らなかった……。

画面をスクロールすると、また大きな見出しが現れた。

――「好きになる相手」必ずしも誰《だれ》かのことを好きになるわけでもないし、相手は異性《いせい》とは限りません。――

ドキッと心臓《しんぞう》がはねた。

今まで七彩が誰かを好きだという話は聞いたことがないけど、好きな人っているんだろうか？　クエスチョニングは好きになる性も、まだわからない・決めていない・あえて決めないって書いてあるけれど……。

さっき七彩にひっかかれたような気がした胸の奥《おく》が、ぎゅっとしめつけられる。

おれ、心のどこかで、七彩が女子であることをちゃんと選んで、男子を好きであってほしいって思ってしまってる……？

深く息を吸《す》い込《こ》む。でもどんどん胸が苦しくなる。

心のどこかじゃない。おれ……そう思ってる。

まるでむきだしの傷《きず》のように胸がひりひりして、鼓動《こどう》が激《はげ》しくなる。

もしかしておれは、七彩のこと……？

タブレットの電源《でんげん》を切り、毛布を頭の上からかぶる。

目をつぶると、さびしそうな目をした七彩《なせ》の横顔が、頭の中に浮《う》かんでは消え、また現れた。

おれなんて、合唱で高音パートを歌いたいなんてことすら先生にもみんなにも言えずにいるのに、あんな大事なことを七彩はおれに伝えてくれたんだ。

それなのに、あんなさびしそうな顔のまま、七彩を一人で帰らせてしまった。

おれは思いきってベッドから起き上がると、引き出しにしまっておいたお年玉の袋《ふくろ》をのぞいた。

よし、ギリギリだけどなんとか足りそう。

家を出るとすでに暗くなっていた。七彩の部屋の明かりがカーテン越《ご》しにもれている。

「塾《じゅく》、行ってないじゃん……」

おれは自転車に乗ると、もう一度ガレットデロワの材料を買いに走った。

もっとかんたんにできるスイーツにしようかと思ったけど、やっぱりガレットデロワじゃないとだめだ。少しだけとっておいたお年玉、全部なくなっちゃうかもしれないけど、それでも、もう一度作りたい。

頬《ほお》に当たる風が冷たい。でもおれは必死に自転車をこいだ。

おれはまだちゃんと受け止められないし、七彩が元気になるような言葉をかけることもできなかった。

それどころか、こんなときに自分の気持ちに気づいてしまうなんて、本当にどうしようもない。

だけどきっと、おれにもできることがあるはずだ。


「すごい！　おいしそう。丈太《じょうた》が一人で作ったの？」

「う、うん」

いつもより高くはずんだ七彩の声にはずかしくなってしまい、おれはガレットデロワを見つめたまま、顔を上げられなかった。

「これ、アップルパイ?」

「ちがうよ。ガレットデロワっていうんだ」

きのう、もう一度挑戦《ちょうせん》したけど、やっぱり失敗してしまった。クリームは流れ出さなかったけど、パイの形がきれいな円にならず、ゆがんでしまったのだ。

だけど、おれはこのガレットデロワに、せいいっぱいの気持ちをこめた。だから、少しくらい形が悪くても、ちゃんとバレンタインに渡《わた》すことに決めたのだ。

おれがガレットデロワの説明をすると、七彩《ななせ》が目を輝《かがや》かせた。

「この中に、フェーブっていうのが入ってるの? すごいな。この葉っぱの模様《もよう》も丈太《じょうた》が描《か》いたんだよね? 難《むずか》しかったでしょ」

「うん、まあ。でも、楽しかったから」

四つに切り分けたパイを、七彩が真剣《しんけん》に選《えら》ぶ。

「こっちのほうが少し大きいなあ……。でもやっぱりこっちにする!」

七彩は選んだパイを一口食べると、目をうれしそうに細めた。

「この、茶色くてカリカリした部分、甘《あま》くて、ほろ苦くて、おいしーい」

「卵黄《らんおう》を塗《ぬ》ったあと、粉砂糖《こなざとう》をふって、オーブンで溶《と》かしたんだ」

「すごっ。めちゃくちゃ凝《こ》ってるじゃん。アーモンドクリームもサイコー」

七彩が顔をくしゃっとさせ、目を閉《と》じて味わう。

胸《むね》の奥《おく》がほわほわとあったかくなってくる。喜んでもらえてよかったなあ。

またフォークでパイを切ろうとした七彩が「あっ」と叫《さけ》んだ。

パイから王冠《おうかん》のフェーブが出てきた。

「わあ、これがフェーブ？　かわいい。冠《かんむり》の形してるんだね」

いつも以上にはしゃいでいる七彩を見ていると、ネタばらしをするのが申し訳《わけ》ない気がしてきた。でも。

「あれっ、丈太のパイからもフェーブ出てきた？」

七彩が目を丸くして、おれの皿を見つめた。

「ごめん。本当は四つに切り分けたパイ、全部にフェーブが入るように作ったんだ」

「ええっ、なんでよーっ？　せっかく当てたと思ったのに！」

七彩が口をとがらせる。

「えっと……その……どれを選《えら》んでも、選ばなくてもさ……」

はずかしさで体が縮《ちぢ》む気がした。

その先が言えずにいると、七彩《ななせ》がおれにまっすぐな目を向けた。

「もしかして、どれも当たりで、わたしはしあわせになれるってこと……かな？」

ああ、やっぱり言えなかった。七彩に言わせてしまった。

おれがこくっとうなずくと、七彩はしばらく二つのフェーブを見つめて言った。

「丈太《じょうた》、ありがとう」

首をぶるぶると横にふると、七彩はやわらかくほほえんだ。

「ぜんぜん変わらないね、丈太は」

七彩はガレットデロワを食べ終わると、ネコのように目を細めた。

「やっぱ、丈太のお菓子《かし》はサイコー」

でも、そのあとすぐ、さみしそうにつぶやいた。

「来年からは、もう作ってもらえなくなるんだね」

「いつかまた、帰ってきたら作ってあげるよ」

「あ、『いつか、また』?」

おれたちは目を見合わせて笑うと、小さな声で歌いはじめた。

おれは高音、七彩は低音で。

明日　もう会えなくても　いつか　また会える
そう信じることが　あなたの背中《せなか》を押《お》すでしょう
わたしを　強くするでしょう
明日　もう会えなくても　友よ
いつか　また会おう

本当は、ガレットデロワの行事には続きがあるらしい。

王冠《おうかん》に選ばれた者は、自分の相手として王様かお妃様《きさきさま》を選ぶことができる……とか。

七彩がだれを選ぶのか、選ばないのか、おれにはわからないし、まだ七彩もわからないのかもしれない。だからおれも、何も告げないままでいようと思う。

でもおれは七彩《ななせ》が男子でも女子でも、どちらでもなくても、あるいはどちらであるとしても、だれを好きでも、好きにならなくても、ずっと……。

その先の思いを飲みこむように、おれは最後のひと切れを頰張《ほおば》った。


引っ越《こ》しの日がやってきた。

七彩は、七彩のお母さんといっしょにおれたちを見送りにきてくれた。二人の雰囲気《ふんいき》を見ていると、もう心配しなくても大丈夫《だいじょうぶ》って感じがした。

卒業式に、七彩はスラックスで参加した。いつもならもっと自分の気持ちをぶつけてくる七彩がなにも言ってこなくなったことで、かえって両親が心配したらしい。

お父さんも交えて話し合いをして、「七彩の卒業式だから」と、お母さんが折れてくれたそうだ。

クエスチョニングのことについてはまだ伝えていないけど「卒業式の服のことをちゃんと話し合えたから、いつか言えるときがくるかもしれない」と七彩は穏《おだ》やかな顔で教えてくれた。

逆におれは、しばらく悩《なや》んでから、広田《ひろた》先生に「高音パートで歌いたいです」と伝えた。やけにあっさり受け入れてくれて、ほかにも希望者がいれば好きなパートに移動していいことになった。女子は七彩以外に三人、男子もおれ以外に二人希望者がいた。

みんながどんな気持ちで移動したのかはわからない。

だけど高音パートに移った男子が、おれよりも伸《の》びやかな声で歌っているのが聞こえてくると、やっぱり思いきって言ってよかったと思った。

「いつか、また」の合唱が始まり、サビの部分に差しかかると、となりの女子が泣きだした。低音パートから、澄《す》んだ七彩の声が響《ひび》いてくる。おれも胸《むね》にこみあげてくるものを必死におさえて歌った。歌い終わると、涙《なみだ》がこぼれた。

だけど、今日はもう泣かない。

「丈太《じょうた》、元気でね」

七彩がポケットから、小さなフェーブを取りだした。春の陽射《ひざ》しで白い王冠《おうかん》が光る。

「これ、大切にするから」

「うん」

父さんの車に乗ると、おれは窓《まど》を開けて手を振《ふ》った。

桜が咲《さ》きはじめたみどり野第三公園の前を通りすぎる。手を振りかえす七彩《ななせ》の姿《すがた》が小さくなり、やがて角を曲がると見えなくなった。

ポケットに入れておいた、おれの王冠《おうかん》のフェーブを握《にぎ》りしめる。

いまはまだ、伝えられないけど。

いつかまた会えたら、ちゃんと伝えられるだろうか。

七彩がだれを好きでも、好きにならなくても。

ずっときみは、おれの大切な人でした――と。

ロマンスの全貌

神戸遥真

HARUMA KOBE

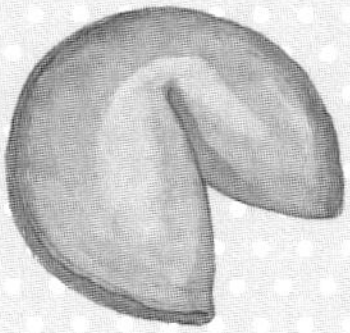

花音《かのん》ちゃんは、わたしたちを部屋に通すなり、「聞いて聞いて！」と声をあげた。

「塾《じゅく》で、匠《たくみ》くんのとなりの席になっちゃった！」

その言葉にまず思ったのは、やっぱりなぁ、だった。

花音ちゃんがみんなを家に呼《よ》ぶのは、恋《こい》バナを思いっきりしたいときにかぎる。

放課後の部活動が休止の水曜日、花音ちゃんの家で女子会をすることになった。招待されたのは、一年三組の仲よしグループのメンバー。わたし、愛桜《あいら》、杏《あんず》ちゃん。

わたしたちは持ちよったお菓子《かし》をローテーブルの上にひろげながら、花音ちゃんの話に耳をかたむける。

二学期になってから、花音ちゃんは親を説得し、これまで通っていた塾から匠くんのいる塾に変えた。匠くんは成績上位のAクラスで、花音ちゃんはその下のBクラス。同じクラスになるため、花音ちゃんは必死に勉強して成績をあげたらしい。よくそこまでできるよねって、みんな心底感心してる。

「花音ちゃん、がんばってたもんね」

杏ちゃんの言葉に、花音ちゃんは胸《むね》をはった。

「そりゃもう、愛の力ってヤツですよ」

愛、なんて単語を、花音ちゃんは照れることなく口にする。

「やっぱり、がんばってると、神さまは見ててくれるんだね！」

花音ちゃんは、お祈《いの》りでもするように手を組んで天をあおぐ。

花音ちゃんは、中学入学以来、同じクラスの匠くんにゾッコンだ。入学式の日に、落としたハンカチを拾ってもらったのがきっかけなのだという。

いつだかに、「ひと目ぼれだと思う」と花音ちゃんは大まじめな顔で言った。

ひと目ぼれなんて、マンガとか小説のなかだけのものだと思ってた。現実でもそんなことがあるなんて、わたしにはいまだに信じられないし、よくわからない。

そんな匠くんはバスケ部所属で、たしかにすらっと背《せ》は高く、顔は整っている。当然ファンも多く、なので花音ちゃんは学校では常に気をつけている。匠くんにガチ恋してるってまわりにバレたくないので、学校では恋《こい》バナも極力ひかえているくらい。

そんなわけで、定期的にひらかれるのが、この恋バナ女子会。

「匠《たくみ》くん、私服《しふく》もすっごくカッコいいんだ。服、自分で選んでたりするのかなぁ。センスがいい男の子って、ステキだよねぇ」

少し前、家族で近所のショッピングセンター、ニコアスに行った際、その匠くんがお母さんらしき女性と歩いているところを目撃《もくげき》した。匠くんはショッピングモール内にある、ウニクロの紙袋《かみぶくろ》を持っていた。なんて話は、もちろんしないでおく。

花音《かのん》ちゃんは匠くんのどこがカッコいいか、塾《じゅく》でどんな会話をかわしたのか、などなどをきゃっきゃと話しつづけ、一段落《いちだんらく》したところで麦茶のグラスに手をのばした。

花音ちゃんは、もともと気づかいができるタイプ。いつも思いっきり自分の話をしたあとには、みんなにも話をふる。

「愛桜《あいら》は最近どう？」

肩《かた》の上で切りそろえられたボブヘアをさらりとゆらし、愛桜は首をかたむけた。

「まぁ、変わりなしって感じ」

愛桜は、夏休み前からサッカー部の二年生、永田先輩《ながたせんぱい》とつきあっている。一学期に同じ委員会で仕事をしたのがきっかけで、先輩のほうからデートに誘《さそ》われたんだって。

永田先輩は匠くんほどのモテ男子ではないけど、小学生のころからサッカーをやっていてとても上手、三年生が引退《いんたい》してからは部長になった。

「彼氏持ちは余裕《よゆう》だよねー。うらやまし――」

露骨《ろこつ》にうらやましがる花音ちゃんに、愛桜は軽く肩をぶつける。

「花音ちゃんだって、いい感じじゃん」

「そんなことないよー。一人で勝手にさわいでるだけだし」

二人は何度も小突《こづ》きあってから、わたしが持ってきたチョコレートに手をのばした。

「杏《あんず》は？　ミユマが最近あげてた曲、よかったよね。なんだっけ、『明日の風の色』？」

花音ちゃんの言葉に、これまで黙《だま》っていた杏ちゃんがパッと顔をあげる。

「あの曲いいよね！　ボカロの曲なんだけど、ミユマの声にすごくあってて――」

急にテンションをあげた杏ちゃんの話に、「わかる～」と花音ちゃんは相づちを打つ。

杏ちゃんはかれこれ一年以上、動画サイトで活動しているミユマという歌い手を推《お》している。それこそ、ゾッコンと表現して差しつかえないと思う。杏《あんず》ちゃんはミユマの歌はもちろん、SNSの投稿《とうこう》や、音声配信なども欠かさずチェックしている。

ミユマは顔も年齢《ねんれい》も明かしていない。その声から、若《わか》い男の人だということがわかるだけ。

でも杏ちゃんは、そんな声しかわからないミユマに夢中。ミユマがフリマアプリで販売《はんばい》している、目がギラギラした文鳥のステッカーを何枚も買って、下敷《したじ》きやペンケースに貼《は》っている。

杏ちゃんに動画のリンクを共有されたからわたしも聴《き》いたけど、歌が上手な人だな、と思ったくらいだった。花音《かのん》ちゃんはマメだから、杏ちゃんの推《お》しもチェックしているのか、それとも本当にいいと思って聴くようになったのか。

杏ちゃんが推しへの愛をこれでもかと語って、麦茶のグラスを手にする。

一瞬《いっしゅん》、間《ま》ができた。

「それで、董子《とうこ》は？」

花音ちゃんに聞かれ、愛桜《あい》と杏ちゃんの目もこっちに向く。

「好きな人とか、やっぱりいないの？」

へらっと笑って、曖昧《あいまい》にうなずいた。

わたしには、これまで〝好きな人〟がいたことがない。

いつからだろう。女の子が集まって花咲《さ》かせる会話に、うまく交じれないことが増えたのは。

みんなが盛《も》りあがる話題は、決まって好きな誰《だれ》かについて。

片想《かたおも》い中の相手だったり。

彼氏だったり。

推しの誰かだったり。

みんなには、特別な〝好きな人〟がいる。

なのにわたしには、そういう誰かがいたことがない。

べつに、人間嫌《ぎら》いってわけじゃない。親やお姉ちゃんとは仲がいいし、好きだとも思う。

花音ちゃん、愛桜、杏ちゃんのことだって、友だちとして好きだ。

でも、そういう〝好き〟は、みんなの言う〝特別な好き〟とはちがうもの。

「わたしは、そういうのは、まだかなぁ……」

みんなみたいに〝好きな人〟がいないのって、地味にこまる。

『ドキドキしたりキュンとしたりしないの？』っておどろかれたり。

『菫子《とうこ》は理想が高いんじゃない？』なんて、あきれたように言われたり。

『きっと、そのうちわかるようになるよ』とか、同情されたり。

そんなふうにされると、わたしってば、どこかおかしいのかもって不安になる。

みんなとちがうのって、すごく怖《こわ》いし。

このあいだ、小学生のころに同じクラスだった菜美《なみ》ちゃんと、女子トイレで会ったときのことを思い出す。菜美ちゃんはわたしが持っていたポーチを見て、ポツリと『いいなぁ』ってつぶやいた。

『わたし、まだアレ、来てないんだよね』

菜美ちゃんは小柄《こがら》な女の子で、誕生日《たんじょうび》も三月。みんなより生理が来るのが遅《おそ》くても不思議じゃなかったけど、気にしてるんだとわかって親近感がわいた。みんなとちがうのが気になる気持ち、よくわかる。

菜美ちゃんに、『そのうち来るよ』と定型文みたいな言葉をかえしながら思った。

わたしにもそのうち、〝好きな人〟ができるようになるはずだって。

なので、「好きな人はいないの？」って聞かれたら、「まだ」ってこたえるようにしてる。人によって、心や身体の成長速度はちがう。だから、わたしは「まだ」なんだって。

「菫子はまじめなんだよ」

杏《あんず》ちゃんが言う。

「『カッコいい』とかそういうのも、あんまり言わないじゃん」

愛桜《あいら》も「確かに」ってうなずいた。

「わたしなんて、すぐに『カッコいい』とか『イケメン』とか言っちゃう」

愛桜はカッコいい男子が好きで、杏ちゃんほどの熱量じゃないけど、アイドルグループの推《お》しもいる。ダンスの動画とかを観て、よく「カッコいい！」って言ってる。

「菫子はそういうの、大事にしたほうがいいよ」

「まじめなのって、ピュアっぽいし」

「そういうのが好きな男子もいるよね」

褒《ほ》められたのかなんなのかよくわからない言葉をつぎつぎとかけられ、とりあえず「ありがとう」ってかえした。

わたしがみんなみたいに「カッコいい」ってすぐに口に出せない理由は、自分でもわかってた。ピュアだからでもなんでもない。

単純《たんじゅん》に、知らないから。

だって、知りもしない誰《だれ》かの顔とか声に、どうしてドキドキしたり、キュンとしたりできるんだろう。ひと目ぼれなんて、できるんだろう。

わたしにはさっぱりわからない。それでも、みんなはそういうものにドキドキして、キュンとして、好きになる。

みんなが言うように、まじめすぎるのかな。

「ねぇねぇ、これ、あけよう」

杏《あんず》ちゃんが手をのばしたのは、おみくじクッキーの箱だった。杏ちゃんが買ってきたものので、ニコアス一階の食料品コーナーで最近売っているらしい。箱の中におさまっているクッキーは、ふくらんだ三日月をまんなかで折り曲げたような形をしている。

ひとつずつ選ぶことになり、まじめでみんなとはちがうわたしは、内心複雑な気分になった。

昔から、中身がわからないものが苦手だった。味がわからないチョコレートとか、キャンディとか。お姉ちゃんは「何味かわからないのが楽しいんじゃん」って言うけど、わからないのに選ばなきゃいけないっていうのが、わたしには苦痛《くつう》でしょうがない。

でも、おみくじクッキーは、クッキーの味自体はどれも同じ。そう考えたら少し気が楽になって、ひとつ手にとり、ビニールの包装《ほうそう》から出した。手のなかで割《わ》ったクッキーのなかには、折りたたまれた白い紙。

まっ先におみくじを確認《かくにん》した花音《かのん》ちゃんが、うれしそうに声をあげる。

「やった、大吉《だいきち》！　今週も匠《たくみ》くんと話せますように！」

愛桜《あいら》は末吉、杏ちゃんは小吉。

「菫子《とうこ》は？」

わたしは、みんなにおみくじを見せた。

中吉。

女子会から三日後の、土曜日の午後のこと。街の図書館に行った帰り、愛桜《あいら》にばったり遭《そう》遇《ぐう》した。

「あ……」

愛桜はわたしに気がつくなり、見るからに気まずそうな表情になった。その目もとは赤く、頬《ほお》には涙《なみだ》でぬれたようなあとがある。

「どうしたの⁉」

何かと感情の山谷のはげしい花音《かのん》ちゃんが泣くのは見たことがあったけど、愛桜はいつも飄々《ひょうひょう》としているし、こんな顔ははじめて。

心配して駆《か》けよると、愛桜はその顔をくしゃりとゆがめた。

図書館のそばにある公園に愛桜をつれていき、ふるえる背中《せなか》をさすった。

先日の女子会で、愛桜はつぎの土曜日に永田《ながた》先輩《せんぱい》とデートだと話していた。それを裏《うら》づけるように、愛桜はおしゃれなヒザ丈《たけ》のチェックのスカートに、そでのふんわりしたブラウスというかわいい格好をしている。

デートで何かあったのかな。ケンカとか？

わたしがあげたポケットティッシュを使いはたし、涙と鼻水でぐしゅぐしゅになっていた
愛桜は、ようやく顔をあげた。

「ごめん、なくなっちゃった」

「べつにいいよ。駅前でもらったヤツだから」

わたしの言葉に、愛桜はようやく少し笑う。

「たくさん泣いたら、スッキリしちゃった」

そして、愛桜は教えてくれた。

愛桜は今日、永田先輩とデートの約束をしていて、待ちあわせ場所に向かった。すると、
そこにバレー部の二年生の女子の先輩がいたのだそう。

「永田先輩、二股《ふたまた》かけてたんだよ。バレー部の先輩ともデートの約束してたの！」

「ええ、何それ！」

「『彼女とはもう別れるから』って、バレー部の先輩には言ってたんだって。なのに、わた

しとまだデートの約束してるから、別れるように言いに来たって」

まるで、ドラマみたいな泥沼展開《どろぬまてんかい》だ。

愛桜《あいら》はそのときのことを思い出したのか、また目もとをうるませた。

「ホント、信じらんない……あんなヤツだとは知らなかった」

その言葉に、今度はべつの意味でビックリして目を丸くする。

「知らなかったのに、つきあってたの？」

わたしの質問に、愛桜はすっかり赤くなっている目をしばたたく。

「だってそんなの、つきあってみないとわからなくない？」

今は愛桜をなぐさめるべきだ。変なことを質問すべきじゃない。

そうわかってるのに、わたしは内心混乱《こんらん》していた。

どんな人かわからないのに、なんでつきあったりするの？

どんな人かわからないのに、なんで好きになれるの？

そんなの、こんな目に遭《あ》ってもおかしくないというか、しょうがないというか……。

いやでも、とにかく。今回の件で悪いのは、愛桜じゃなくて、二股《ふたまた》をかけていた永田先輩《ながたせんぱい》で……。

ぐるぐると考えこんでいるわたしを見て、愛桜は小さくため息をついた。

「菫子《とうこ》はいいな」

「え？」

「まじめで、慎重《しんちょう》だから。わたしみたいに、ヒドい男にはだまされなさそう」

そして、愛桜は自分のハンカチをバッグからとりだすと、ぐいと目もとをぬぐう。

「わたし、なんであんな人、好きになっちゃったんだろう」

まじめで慎重なわたしには、かけるべき言葉がわからなかった。

それでも、こんなふうに誰《だれ》かを想って泣ける愛桜のことは、嫌《きら》いじゃないなと思う。

週が明けたころには、愛桜は見た目には元気になっていて、「あのときはありがとう」と言ってくれた。わたしがしたことといえば、ポケットティッシュをあげたことくらいなので、かえって申しわけない気持ちになってしまう。

愛桜《あいら》は、そんなわたしにこう言った。

「菫子《とうこ》も、何かあったときは言ってね。相談に乗るし！」

そして、それから数日後。

まさか、愛桜にすぐに相談するような出来事に見舞《みま》われるとは、思ってもなかった。


「陽向《ひなた》くんに告白された!?」

すっとんきょうな声をあげた花音《かのん》ちゃんに、わたしは「しー」ってした。

その日の昼休み、わたしは愛桜に「相談があるんだけど」と声をかけた。そばにいた花音ちゃん、杏《あんず》ちゃんもついて来ることになり、四人で校舎の外、非常階段《かいだん》の踊《おど》り場まで移動した。

「大きな声出さないでよ」

わたしが半泣きで抗議《こうぎ》すると、花音ちゃんは「ごめん」って両手をあわせる。

「でも、すごいじゃん。あの陽向くんでしょ？」

陽向くんは、うちのクラスの人気者の一人。匠《たくみ》くんと二人でツートップ、匠くんがクールキャラ、陽向くんが明るい盛《も》りあげキャラって感じだ。もちのろんで、超《ちょう》モテる。

「もちろん、OKしたんだよね？」

わたしは思いっきり首を横にふった。

「するわけないじゃん！　よく知らないのに！」

陽向くんとは、十月の席がえでとなりの席になった。席が近いし、グループ学習とかで、前よりは話す機会も増えたと思う。

でも、それだけ。

わたしは、陽向くんのことなんか、なんにも知らない。

「うえぇ、もったいない！」

花音ちゃんは、自分のことのように残念がる。

けど、愛桜はわたしの意見を肯定《こうてい》した。

「よく知らないからつきあえないっていうのは、正しいと思う」

愛桜が永田先輩《ながたせんぱい》と別れた、という噂《うわさ》はあっという間《ま》に学校中にひろまった。愛桜はみんなの前では平気な顔をしているけど、やっぱり噂は気になるだろうし、一人のときに落ちこ

むような表情もしていた。今は恋愛《れんあい》はコリゴリ、みたいな空気はわたしたちにも伝わってい

て、花音ちゃんもそれ以上は言わなかった。

陽向《ひなた》くんに告られたのは、昨日の放課後。日直の仕事で、帰りの会のあとも教室に残って

いたときのことだった。

『小川《おがわ》さんのこと、前から好きだったんだ。つきあってください』

陽向くんは、まるで軽い雑談でもするかのような、さらりとした口調でそう言った。

最初に感じたのは、うれしいとかドキドキするとか、そんな気持ちじゃなかった。

この人は、わたしの何を知ってるんだろうっていう疑問《ぎもん》。

どうして、わたしのことなんかなんにも知らないのに、告白なんかできるんだろう。

そう思ったら、もうダメだった。

『ムリです！』

全力で拒絶《きょぜつ》して、わたしは教室から逃《に》げだした。

翌日《よくじつ》の今日も、陽向くんはとなりの席にいる。でも、ひと言も話さず、目もあわさず、な

んとかやり過ごして今にいたる。陽向くんが今日、どんな顔で過ごしているのか、だからわ

たしはまったく知らない。

「つきあうかどうかは董子《とうこ》が決めることだから、いいんじゃないかな」

杏《あんず》ちゃんもそう言ってくれ、少しホッとした。

でも、胸《むね》のうちでは、やっぱり考えてしまう。

陽向くんみたいな人から告白されたのに、よろこべないわたしは、おかしいのかな。

わたしのことを知らないのにとか、そんなこと、ふつうは思わないのかな。

……でも、でもさ。

なんにも知らないのに、急に〝好き〟にはなれないよ。


わたしは図書館が好きだ。

静かだし、いろんな人が出入りするけど、みんなたがいには無関心って感じなのもいい。

それに何より、いろんな本がおいてある。物語の世界でなら、日常に充満《じゅうまん》する「ふつう」を意識しなくていい。

予定のない土日は、図書館で本を読んで過ごすことが少なくなかった。お母さんもお父さんも、行き先が図書館ならあまり詮索《せんさく》してこないし。一人でいるのが特別好きってわけじゃないけど、一人になれる時間も大事じゃないかなと思う。

……そんなふうに、大事な時間だというのに。

「――よ！」

声をかけられ、読んでいた本から顔をあげた。

そこには、教室での気まずさなんてこれっぽっちも感じさせない、明るい顔をした陽向《ひなた》くんがいた。

教室ではとなりの席だというのに、陽向くんの顔をまともに見るのは実に五日ぶり。

みんなみたいに〝好きな人〟はいないけど、告白されてフった男子と話すのは気まずい、という感情くらいはわたしにもある。あいさつすべきか、いっそムシすべきか、なんて迷っていたら、陽向くんはなんと、わたしのとなりの席に座《すわ》った。

「何読んでんの？」

距離《きょり》が近い。

なんで？　嫌《いや》がらせ？

どうしてこんなことをしてくるのか、陽向くんがまったくわからない。

わたしは椅子《いす》ごと身体をひいて陽向くんから距離をとり、本の表紙を見せた。

「なんか、むずかしそうな本、読んでんだな」

わたしが読んでいたのは、江戸川乱歩《えどがわらんぽ》の短編集だった。べつにむずかしくないし、短編集だから、どちらかといえば読みやすい本だ。なんて、説明はしないけど。

「おれは今、これ借りてきたとこ」

陽向くんは布製のトートバッグを持っていて、頼《たの》んでもいないのに、その中身をわたしの前に並《なら》べはじめた。

アニメみたいなイラストが表紙の、ライトノベルばっかり。透明感《とうめいかん》のある色づかいで、きれいな表紙だ。

というか、陽向くんって、こういうの読むんだ。

思わず、陽向くんの顔をまじまじと見てしまった。陽向くんは何かとクラスの中心になることの多い、運動部グループにいる。オタク系《けい》グループの人たちがこういう本を貸し借りしているのは見たことがあったけど、陽向《ひなた》くんにそんなイメージはまったくなかった。

「……こういうの、読むんだ」

すると、陽向くんはニカッと笑う。

「兄キの影響《えいきょう》で、けっこう好きなんだ。でも、仲いいヤツらにこういうの好きなヤツ、あんまいないからさ。そんで図書館によく来てる」

「へぇ……」

「小川《おがわ》さんがよくいるのも知ってた」

ちょっとだけ、ドキンとする。

わたしが図書館通いをしているのを知っていたからといって、陽向くんがわたしを知っていることにはもちろんならない。

それでもその言葉からは、前からわたしのことを見ていた、みたいなニュアンスが感じとれた。

なんでなんだろう。知りたいような、でも知ったら何かがひきかえせなくなるような。疑《ぎ》問《もん》は結局、口には出せなかった。

なお、陽向くんの声は明るくよく響《ひび》いた。わたしたちはそのあと司書さんにおしゃべりをしないよう注意されてしまい、なんだか気まずくなってわたしは席を立った。

図書館を出ると、当然のような顔をして陽向くんがついてくる。

……まさか、このまま家までついてきたりしないよね。

両親や姉に、男の子を家につれてきたとか思われるのは、すっごくこまる。

こまりにこまったわたしは、考えに考えて。

図書館のそば、泣いていた愛桜《あいら》の話を聞いた公園の前で足をとめ、陽向くんと向かいあった。

陽向くんは、きょとんとした顔で見かえしてくる。

……もしかして、わたしに告白したこと、忘《わす》れてる？

あの告白から、一週間もたってない。さすがにそれはないよね。

たちまちバクバク鳴りだした自分の心臓《しんぞう》の音を聞きながら、伝えた。

「わたし、その、つきあうとか、本当にムリだから」

「それは、このあいだ聞いた」

わたしがこんなにも緊張《きんちょう》しているというのに、陽向《ひなた》くんはやっぱりケロッとしている。

なんだか悔《くや》しくて、かぁっと顔が熱くなった。

わかってるなら、もういいのかな。わたし、帰っていい？

「それじゃあ――」

そう、その場をはなれようとしたんだけど。

「ムリなのはわかったけど、それがなんでだか教えてよ」

その言葉に、気がついた。

陽向くんは、やっぱり明るい表情だ。けど、その声は、心なしか強ばって聞こえた。

陽向くんは陽向くんなりに、ずっと緊張していたのかもしれない。

それに、教えて、ということは、知りたいということ。

わからないのは、陽向くんもイヤなんだ。

わたしは、誰《だれ》かを好きになったことがない。でもそれは、好きだと言ってくれた人を、軽《かろ》んじていい理由にはならない。嘘《うそ》とか、ごまかしとか、そういうのはしちゃダメだ。

「わたし……わたし、その」

体中の血管が、ドクドクと音を立てる。

「今まで誰のことも、好きになったこと、ないんだ」

みんなには、「まだ」でごまかしてきた話。

それを、陽向くんにもしてしまった。

ふつうじゃない。おかしく思われるかも。

そんな不安でいっぱいになったけど、陽向くんは真剣《しんけん》な顔で聞いてくれている。そのことにホッとするような、落ちつかないような気持ちになって、少し早口になってつづけた。

「わたしは、みんなみたいに、すぐに好きになれないんだと思う。よく知らない人のことを、好きにはなれない。だから、ムリっていうのは陽向くんのことじゃなくて、知らない人を好きになるのがムリとか、そういう意味で」

「なるほど」

陽向くんは、ふむふむとうなずく。

わたしの話、本当にわかったのかな。

なんて、思っていたら。

「一条陽向《いちじょうひなた》、十三歳《さい》。誕生日《たんじょうび》は八月十一日の山の日。身長は一六七センチで、体重は五十五キロ」

陽向くんは自己紹介《じこしょうかい》をはじめた。

「部活は陸上部で、得意なのは短距離《たんきょり》。足はわりと速いほうな。好きな食べものはエビフライ、ハンバーグ、カレーで、親にはお子さまランチメニューが好きとか言われる。あ、でもキムチも好き。甘《あま》いものも好き。あんま嫌《きら》いなものはないかな。それと、好きな本は――」

同じクラスなので知ってはいたけど、陽向くんはよくしゃべる。よくこんなにペラペラと自分のことをしゃべれるなって感心し、「あの！」と中断させた。

「自己紹介は、もういいです」

「えー。おれ、もっと話したいんだけど」

「そ、そんなこと言われても……」

「だって、よく知らない人のことは、好きになれないんだろ？」

その言葉に気がついた。

陽向くんは、わたしに知ってもらいたくて、自己紹介してたのか。

こんなの、予想外もいいところ。ムリな理由がわかれば、ひきさがってもらえると思ってたのに。

「……そもそも、なんだけど」

「あ、何か知りたいことある？」

「陽向くんのことを知ったところで、その、好きになれるかどうかは、べつの問題、というか……」

陽向くんは、あ、と口を半開きにした。

知ってもらえれば、好かれると思っていたのかな。

どこまでも単純《たんじゅん》ですなおな陽向くんに、なんだか申しわけなくなってきた。こんなふうにまっすぐで明るいから、モテるんだろうな。わたしにはその感覚、やっぱりよくわかんないけど。

「ごめん。わたし、多分、ちょっとおかしいんだと思う」

すると、陽向くんはこうこたえた。

「よく知らないものを好きになれないって、ふつうのことじゃん」

ふつう、という言葉に、思いがけず胸《むね》がぎゅっとする。

自分は、ふつうじゃないって思ってた。

ふつうじゃないから、「まだ」なんだって。

……だけど。

これがふつうでも、いいのかな。

「やっぱ、かんたんじゃないんだなー」

陽向《ひなた》くんはそうつぶやいてから、「おれも、じつは人見知りなんだよ」なんて、ホントかウソかわからないことを口にする。わたしは人見知りとかそういうレベルの話をしているのではないのだけれど、不思議と怒《おこ》る気持ちにはならなかった。これが、陽向くんなりの歩みよりだとわかったからだ。

そのとき、陽向くんがふと何かを思い出したような顔になり、トートバッグのなかから見覚えのある箱をとりだした。

花音《かのん》ちゃんの部屋で食べた、おみくじクッキー。

「ここに来る前にニコアスで買ったんだ。なかにおみくじ入ってるとか、おもろいじゃん？」

明るくて楽しいキャラの陽向くんは、いかにもわくわくした顔だ。

わたしみたいに、中身がわからないものに不安を覚えたりしないんだろう。

やっぱり、こんな陽向くんがなんでわたしのことを好きなのか、さっぱりわからない。

「やるよ」

陽向くんは箱をあけると、ひとつとれと言わんばかりに突《つ》きだしてくる。けど、わたしがなかなか手を出さずにいたら、小さく首をかたむけた。

「クッキー嫌《きら》い？」

「そういうわけじゃ、ないんだけど……わたし、中身がわからないもの、苦手で」

「中身って、おみくじのこと？」

「そう」

大吉《だいきち》が出ればいいなとは思う。けど、そうそう運がいいとはかぎらない。そんな不確かなものにわざわざ手を出して、よろこんだり悲しんだりしたくない。だったら、わたしは最初から中身を知りたい。

すると。

陽向《ひなた》くんは、わたしの手に箱を押《お》しつけた。そして、おみくじクッキーをひとつ手にとり、包装《ほうそう》をあけて。

――パキッ。

ためらいなくクッキーをふたつに割《わ》って、なかのおみくじをとりだす。

「こうすれば、中身なんてすぐにわかるよ」

見せられたおみくじは、大吉《だいきち》だった。

陽向くんは割ったクッキーをいっぺんに口のなかに入れた。そして、わたしにあずけていた箱をとりかえすと、「ほら」と選ぶようにせかしてくる。

――陽向くんは、やっぱりわたしのことなんてわかってない。

誰《だれ》も彼もが陽向くんみたいに、わからないことを楽しめるわけじゃないのに。

だけど。

これまで感じたことのなかったわくわくが、ふわりと胸《むね》にひろがった。

これ以上ぶつぶつ言うのも気がひける。わたしはそっと手をのばし、おみくじクッキーをひとつ選んだ。

好き。

小野寺史宜

FUMINORI ONODERA

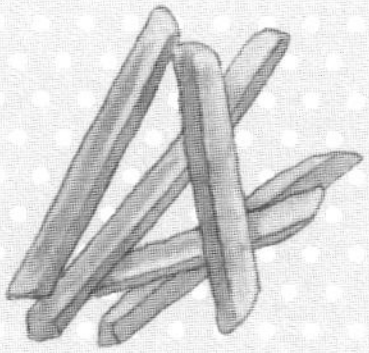

「先生、おやつは持っていっていいんですか？」と学級委員の鈴木仁子《すずきにこ》が尋《たず》ね、

「ああ。三百円までな」と担任《たんにん》の池口孝《いけぐちたかし》先生が答える。

「それは、消費税込《ぜいこ》みでですか？」

「込み。込みで三百円まで」

「じゃあ、お菓子《かし》は食べものだから八パーセントとして。二百七十八円までということですよね？」

「お、計算が速いな」

「あらかじめしておきました。そうだろうと思ったから」

「たすかるよ」次いで池口先生はクラスの全員に言う。「鈴木が今言ったそれな。税抜《ぜいぬ》き二百七十八円、税込み三百円。その額は超《こ》えないこと」

「少なっ！」と声を上げるのは三村君衣《みむらきみい》だ。

「少なくない。ほんとはなしでもいいんだぞ。今回のこれは遠足じゃなくて、校外学習。あくまでも授業だからな」

「バスに乗るならそれはもう遠足でしょ」と君衣はわけのわからないことを言う。わからないなりに、わかる。確かにそう。バスに乗るならそれはもう遠足だ。遠足ならおやつは必要。

「乗るといっても、せいぜい片道《かたみち》一時間だ。おやつがいるほどでもない。でも、まあ、そういう要望もあるだろうから、レクリエーションも兼《か》ねて、乗ってるあいだだけは食べていいことにする。いいか？　みんな、ちゃんと守れよ。食べていいのは、行き帰り、バスに乗ってるあいだだけだからな」

は～い、と生徒たちが口々に返事をする。

水曜日の六時間目。学活。

教科書を開いての勉強、ではないから気は楽だ。部活の前のちょっとした息抜きみたいなもの。毎日六時間目はこれでもいい。というか、毎日全時間これでもいい。

ぼくは窓際《まどぎわ》の席に座《すわ》ってる。前から四番めで、隣《となり》は君衣。去年の九月からずっとそう。三学期は短いからということで、席替《せきが》えはなかったのだ。

君衣とは小学校も同じだった。一年二年、五年六年、と同じクラス。中一の去年はちがったが、今年はまた同じ。二学期からはこうして席も隣《となり》になったので、よく消しゴムを借りたりする。シャープペンシルの芯《しん》は、もらったりもする。

去年、HBは硬《かた》くて書き心地がよくないから次買うときはBにして、と言ったら、何で水《み》間《ま》くんのためにそうするのよ、と君衣《きみい》は言った。でもこないだもらったのはBだったので、お、Bじゃん、と言ったら、自分がそうしてって言ったんでしょ、と言った。本当に変えてくれたらしい。

「じゃあ、校外学習のしおりを配るからな。ちゃんと読んでおくように」と池口《いけぐち》先生が言う。

「それとは別に保護者向けのプリントもあるから、ウチの人に渡《わた》してな」

仁子《にこ》と、もう一人の学級委員である佐藤礼志郎《さとうれいしろう》がしおりとプリントを配る。その列の分を一番前の生徒にまとめて渡す、という形で。

仁子と礼志郎。どちらが委員長でどちらが副委員長ということはない。男女一人ずつで学級委員は二人。ここ、みつば南中学はそうなのだ。男子が委員長で女子が副委員長、みたいなことにならないようにしたらしい。

前からまわってきたしおりとプリントを、自分用に一部とって、後ろへまわす。で、しおりをざっと読む。

校外学習。ぼくら二年生は、この時期、二月上旬《じょうじゅん》にやることになってる。今回の行先は国立科学博物館。都内だ。

「科学博物館て、何があるの？」と隣の君衣に訊《き》かれ、

「何か、いろいろあんだろ」と答える。

「いろいろって？」

「自然の何かとか、動物の何かとか、恐竜《きょうりゅう》の何かとか」

「恐竜もあるの？」

「知らないけど。実物大の模型《もけい》とか、ありそうじゃん」

「骨《ほね》だけのやつ？」

「そう」

「場所は、どこだって？」

「えーと、上野？」

「なら動物園がよかったなぁ。生きてる動物のほうがいいよ。わたし、パンダ見たい。見た

くない？」

「見たいけど。混んでそうでいやだよ」

「生で見たことある？　パンダ」

「ない」

「わたしは小学生のときに家族で上野動物園に行ったんだけど。そのときは顔が見えなかったの。パンダは後ろ向きに座《すわ》ってて。最後までこっち見てくれなかった」

「ダメじゃん」

「でもかわいかったよ、耳が黒くて」

「何だそれ」

「ただドテッと座ってんの。地面にお尻《しり》つけて。見たのはその後ろ姿《すがた》。白と黒だからさ、あれ、耳がなかったら、おにぎりにしか見えないよ」

「おにぎりはかわいくないだろ」

「おにぎりはかわいいでしょ。とにかく、今度はちゃんと顔を見たい。目を合わせたい」

「合ってもわかんなくね？　目の周りが真っ黒で」

「合えばわかるよ」

「パンダってさ、あの部分を白くすると、普通《ふつう》に熊らしいよ。ただの白熊みたいな顔になるんだって」

「そりゃそうでしょうけど」

「周りの黒でごまかされてるだけで、目つきとかも実は鋭《するど》いらしいし」

「そうかもしれないけど」

「熊だから、実は獰猛《どうもう》らしいし」

「そういうこと言わないでよ」

「あ、でも笹《ささ》とかばっか食ってるから、うんこは臭《くさ》くないみたい」

「そういうことも言わないでよ」

そこで、しおりとプリントが全員に行き渡《わた》ったのを確認《かくにん》した礼志郎《れいしろう》が言う。

「あ、先生」

「ん？」

「バスの席はどうするんですか？」

「しおりの最後のページに書いてある。博物館に行ってもクラスの班《はん》単位で動くからな、教室の席《せき》とほぼ同じだ。窓側《まどがわ》と通路側を入れ替《か》えるぐらいはしてもいいぞ。それは自分たちで決めろ。バスに酔《よ》うから席は前のほうがいいとか、そういう希望があれば聞く。あとで先生に言ってくれ」

しおりの最後のページを見る。そこにはバスの簡単な図が描《か》かれてる。ぼくの隣《となり》は君衣《きみい》。教室と同じで、ぼくが窓側だ。

ラッキー、と思いつつ、言う。

「何だよ。バスも隣は三村《みむら》かよ」

「うれしいくせに」

「何でだよ」

「わたしはうれしいよ」

「あ?」

「って言ったら、うれしい?」

「うれしくねえし」

「わたしも窓側がよかったなぁ」

そこは一応、訊《き》いてみる。

「もしかして、酔うとか？」

「酔わない。わたし、乗物で酔ったことない」

「じゃ、いいだろ、通路側で」

「でも外を見たいし」

「通路側でも見えるよ」と適当なことを言う。

ぼくも窓側がいい。実は、たまに酔うのだ。電車は平気だが、バスだとたまに酔う。あの独特な臭《にお》いがダメなのかもしれない。

でも君衣にそうは言わない。何故って、カッコ悪いから。


放課後は、部活。

木曜は休養日だが、それ以外は練習がある。土日もどちらか一日は休み。土曜が練習、となることが多い。

ぼくはサッカー部に入ってる。二年生の三学期。とっくに三年生はいないから、どうにかポジションをもらえてる。ボランチだ。バックの一列前。攻《せ》めにも関わるが、どちらかといえば守る側。

だから、練習ではいつも、攻める側の選手と当たる。やり合う、と言いたいとこだけど、そんなにはやり合えない。特にエースフォワードの波多野海輔《はたのかいすけ》にはいつもやられる。幼稚園《ようちえん》からサッカーをやってた海輔は超絶《ちょうぜつ》うまいのだ。サッカーが体に染《し》みついてる。まさに、ボールは友だち、という感じ。

中学でサッカーを始めたぼくはそうもいかない。ボールは隣《となり》のクラスの子、という感じだ。互《たが》いによそよそしい。ボールはぼくの足もとからあっさり離《はな》れてしまう。隣のクラスに帰ってしまう。

たまに海輔からボールをとれると、ムチャクチャ気分がいい。でも海輔は責任感も強いので、ミスを自分でカバーするべく、すぐにぼくからボールをとり返す。本当にすぐだ。ぼくがとった二秒後にはもうとり返してる。

今日の練習でもそう。ぼくからボールをとり返した海輔は、センターバックの清川広夢《きよかわひろむ》も抜《ぬ》いて、ゴールを決めた。前に出てきたキーパーの倉田唯《くらたゆい》までかわすんだから、いやになる。どんだけうまいんだよ、海輔。まあ、試合では味方になるからたすかるけど。実際、海輔のおかげで今年のみつば南中はかなり強いけど。

何だかんだで、部活は楽しい。体を動かすと、気分も晴れるのだ。頭が一度空っぽになって、すっきりする。授業だの勉強だのからうまく離《はな》れられる。

冬のこの時期、部活は午後六時まで。といっても、五時半にはもう暗くなってしまうから、練習できるのはそのあたりまで。あとはゆるゆる着替《きが》えながら、部員たちとしゃべったりする。それもまた楽しいのだ、部活は。

で、気分もほぐれて、下校。

みつば南中からぼくが住むみつば南団地までは、歩いて十分かかる。みつばは住宅地《じゅうたくち》なので、南中の学区にはマンションが多い。南団地はその端《はし》にあるのだ。だから、みんなと一緒《いっしょ》に学校を出ても、途中《とちゅう》からは一人になる。

今週の土曜は練習かぁ。試合ならいいけど、練習はちょっとダルいんだよなぁ。なんて考えながら、一人、歩いてると。反対側を誰《だれ》かが歩いてくる。

二人。南中の制服を着た男女だ。どちらにも歩道が備《そな》えられた通り。片側《かたがわ》一車線とはいえ、車道も広いから、そこそこ距離《きょり》がある。

中学生デートの定番は、やはりこれ。一緒《いっしょ》に帰ること。当然、人に見られるから、ハードルは高い。そのハードルを越《こ》えてこそのカップルだ。一年生だとまだいないが、二年生だとそんなカップルも現れる。

誰だろう。と思った直後にこう思う。えっ？　マジで？

女子が、本山亜美香《もとやまあみか》なのだ。ぼくのカノジョの。

いや、何で？　と自分にしか聞こえない小声で言いながら、ぼくはまっすぐ歩く。距離を置いて二人とすれちがう。

亜美香は、亜美香だ。カレシだから、そこはまちがえない。

亜美香もぼくに気づいたらしい。こちらを見て目をそらした。車道寄りにいる男に身を隠《かく》すようにした。

男が誰かも、すぐにわかった。身長で、そうと確信できた。真崎勇星《まざきゆうせい》。バスケ部のエースだ。サッカー部で言うところの、海輔《かいすけ》。

小学校はちがったし、去年のクラスもちがったから、しゃべったことはない。体育の授業で一緒になるだけだ。確かにバスケはうまかった。レイアップシュートだのフリースローだのをバンバン決めてた。中二の今でもう百七十五センチぐらいある。だから亜美香も隠れられた。隠れきれはしなかったけど。

参った。

話を聞いてはいたのだ。同じサッカー部の広夢《ひろむ》から。本山は勇星とよくしゃべる、と。勇星が本山を気に入ってるっぽい、と。

広夢は、亜美香と勇星と同じクラス。だからぼくにいろいろと情報を入れてくる。そうしてくれとぼくが頼《たの》んでるわけじゃない。広夢が自分から言ってくるのだ。でも、勇星は同じバスケ部の堀井梨緒奈《ほりいりおな》と付き合ってると聞いたことがあるような。

ちなみに、広夢自身は同じクラスの森松留々《もりまつるる》が好きだ。自分でそう言ったわけではないが、まちがいなく、好き。留々のことは何も知らないぼくにもその話をしてくる。森松が好きなの？　と訊《き》いたら、そういうんじゃねえよ、と言ってた。明らかに、そういうん、だ。

広夢は前にこんなことも言ってた。智斗《ともと》のクラスに三村《みむら》っていんじゃん。森松と同じソフトテニス部の三村君衣《みむらきみい》。あいつ、智斗《ともと》のこと好きらしいよ。森松《もりまつ》に智斗の話ばっかすんだって。

君衣がぼくを好き。そんなわけない。小学校でも何度も同じクラスになってるからなじみがあるだけ。話しやすいだけだ。

広夢《ひろむ》は、たぶん、自分からぼくや君衣のことを持ちだしてる。それをきっかけに留々《るる》と話をしてるのだ。仲がいい君衣のことを話せば、留々も乗ってくるから。

と、まあ、そんなことはいい。今は亜美香《あみか》だ。

部活でほぐれたはずの気分が一気に変わる。はっきりと、下がる。落ちる。沈《しず》む。まさに一気。衝撃《しょうげき》はデカい。

ぼくは歩道を歩きつづける。それまでは普通《ふつう》に歩いてたはずが、トボトボ歩いてる感じになる。足どりは重い。スパイクやサッカーパンツが入ったバッグまでもが重い。

それとなく振《ふ》り向いてみる。亜美香と勇星《ゆうせい》の姿《すがた》はもうない。わき道で曲がったのかもしれない。曲がろ、と亜美香が勇星に言ったのかもしれない。

みつば南団地はAからDまで四棟《とう》ある。ぼくが住むのはD棟。いつもはそこに近い出入口から入るのだが、今は入らない。何だろう。まだ帰りたくない。動きを止めたくない。だからそのまま進み、敷地《しきち》の外周を歩く。

歩きながら、考える。

付き合う。って、何なのか。

もう中二だから、いろいろあることは知ってる。手をつなぐだけじゃなく。その先、あれがあったり。これがあったり。

知ってはいるが、まだ遠い。もう中二だが、まだ中二。実際、ぼくはまだ亜美香と手をつなげてもいない。デートをしてもいない。一緒《いっしょ》に帰ったりもしてない。中二だと現れるそんなカップルになれてない。

でも付き合ってはいるのだ。付き合って、と亜美香が言い、うん、とぼくも言ったから。だったらもう、ぼくらは付き合ってる。そう言っていいはずだ。言わなきゃいけない。

なのに、これ。亜美香は勇星と二人で歩いてる。カップルっぽくなっちゃってる。あれは、ただ一緒に帰ってる感じじゃない。まず、学校とは反対のほうから来た。つまり、二人は歩いてたのだ。デートをしてたのだ。

ぼくと亜美香《あみか》は、付き合ってるのに、直接話したりはしない。学校でもそう。家に帰ってからLINEでやりとりするだけ。それは結構する。LINEでならそこそこ話せるのだ。亜美香ちゃん、智《とも》くん、と呼《よ》び合ったりもする。

でも一緒《いっしょ》に帰るのは、ちょっと無理。ぼくは緊張《きんちょう》して何もしゃべれなくなってしまうだろう。手をつなぐとかは絶対無理。そんなことをする自分に、うわぁ、となってしまう。

女子が苦手、ということではないはずだ。現に君衣《きみい》とは普通にしゃべれるし、ひどいことだって言えてしまう。でも何故か付き合ってる亜美香とはしゃべれない。もう、とにかく緊張してしまうのだ。

亜美香とは、南中に入学して知り合った。去年のクラスは同じ。ただ、席が近くになることはなかったので、そんなにはしゃべらなかった。

付き合って、といきなり言われ、驚《おどろ》いた。

言われたのは、去年の四月。二年生になったばかりのときだ。

部活に行く前に、二階の廊下《ろうか》で声をかけられた。隅《すみ》の奥《おく》まったとこで、そう言われた。ちがうクラスになって、話もそんなにできないから、と。

初めから大して話してたわけでもないのに、それ。

驚きつつ、同時に喜びつつ、うん、と返した。付き合って、に対しての、うん、だ。ぼく史上一番意味のある、うん。智斗《ともと》、カレーお代わりする？　とお母さんに訊《き》かれて答える、うん、とは熱がちがった。いや、まあ、カレーのお代わりにも熱はあるけど。特にそれがカツカレーだったりすると。

結局、ピークはそこだった。ぼくらは付き合うことになっただけ。水間《みずま》智斗と本山《もとやま》亜美香は付き合ってます、と周りに言えるようになっただけ。そこからは何も進んでない。中学生の自分が何をどう進めればいいのかわからないまま、ここまで来てしまった。

ＬＩＮＥでやりとりするだけで人のすべてがわかるはずもない。が、少しはわかることもある。

正直、亜美香とはそんなに話が合わない。ぼくらは好きなユーチューバーもちがうし、好きなお笑い芸人もちがうのだ。亜美香は自分が好きじゃないユーチューバーやお笑い芸人のことはっきりつまらないと言うし、はっきりけなしもする。言い方がちょっときついな、と感じることもある。口で言えばそうでもないのに文字にしてしまうときつく見える、ということかもしれない。そうだったらいい。

と、そう思ったところで、みつば南団地を一周してしまう。さすがに二周はつらいので、そこまで。ぼくは敷地《しきち》に入る。

D棟《とう》に三つある階段《かいだん》。向かって右にあるそれを上っていく。トボトボ感は、やはり出る。上りの階段だと、より強く出てしまう。

三階。三〇五号室。自分のカギで玄関《げんかん》のドアを開ける。

スイッチを押《お》して明かりをつけると同時にぼくは言う。

「ただいま」

なかに上がると、まずはリモコンで居間のエアコンとテレビをつける。

午後六時台だから、どの局も、やってるのはニュース番組。見たくはないが、つけておく。音は流しておく。

それから自分の部屋に行き、ジャージに着替《きが》えて戻《もど》る。

ウチは晩《ばん》ご飯が遅《おそ》い。午後八時半ぐらい。お母さんは都内の会社に通ってるので、帰ってくるのは午後七時すぎ。それから急いでご飯をつくる。だからそうなるのだ。

ＪＲのみつば駅から南団地までは歩いて二十分。お母さんは自転車で行くが、雨の日は歩き。帰りはさらに遅くなる。そんなときは、駅前の大型スーパーで惣菜《そうざい》を買ってくる。唐揚《からあ》げとかコロッケとか、餃子《ぎょうざ》とか焼売《しゅうまい》とか。

晩ご飯までは一時間半以上。部活後でどうしても腹《はら》は減るから、いつもお菓子《かし》を食べてしまう。いっぱい食べちゃダメよ、とは言うが、お母さんもちゃんと買っておいてくれる。それらは食器棚《しょっきだな》の下の段《だん》に入ってる。チョコレートやビスケットみたいな洋ものよりはせんべいやおかきみたいな和ものが多い。

扉《とびら》を開けてみる。今日はこれがある。芋《いも》けんぴ。棒《ぼう》みたいに細長く切ったさつま芋を油で揚げて砂糖《さとう》を絡《から》めたお菓子だ。高知県の名物らしい。お母さんは高知の出身ではないが、それが好き。コンビニにも置いてるから、たまに買ってくる。

これは、うまい。買ってきて、とわざわざお母さんに頼《たの》みはしないが、あれば食べる。袋《ふくろ》を開けると止まらなくなり、結構食べてしまう。

今もそう。居間のソファに座《すわ》り、一本食べて、二本食べて、三本食べる。そこからはもう数えない。いいや、食っちゃえ、になる。

何か、おじいちゃんおばあちゃんの食べものみたいだよなぁ。と思う。いや、でも。硬《かた》いから、歯がそんなには強くないおじいちゃんおばあちゃん向けでもないのか。

何にしても、うまいから食べてしまう。さらにこう思う。うまいけど、校外学習に持っていくおやつではないよなぁ。

食べながら、テレビを見る。ニュース番組の特集コーナーで、激安《げきやす》スーパーのことをやってる。今はもう何でも高くなっちゃったからこのお店は安くてたすかります、みたいなことをお客のおばちゃんが言ってる。

そんなようなことは、ぼくのお母さんも言う。電気代にガス代に食品代、全部高くなって困っちゃう。

だから土日には、みつば駅前の大型スーパーより安いハートマートの四葉店に自転車で行く。今日はペットボトルのお茶が安いから智斗《ともと》も一緒《いっしょ》に来てくれるとたすかるんだけど、なんて言ったりもする。

さすがにそれは断る。中二でお母さんと一緒にお買物、はなしだ。ただ、まったく行かないわけでもなくて。別々になら行くこともある。ぼくはぼくで行き、頼《たの》まれたものを買うのだ。まあ、気が向いたらではあるけど。

お父さん初見直彦《はつみなおひこ》とお母さん水間若代《みずまわかよ》は、ぼくが中学に上がるときに離婚《りこん》した。原因はすごくわかりやすい。お父さんの浮気《うわき》。ぼくはお母さんに引きとられ、名字も初見から水間に変わった。

二人家族になったので、それまで住んでたみつばベイサイドコートというマンションから今のみつば南団地に移った。そこならぼくの学区も変わらない。小学校の友だちと中学でも一緒になれる。お母さんはそう考えてくれたらしい。

移ったのは、南団地のほうが家賃《やちん》が安いからでもあるが、たぶん、理由はそれだけではない。ぼくが小さいころからずっと、お母さんも会社で働いてた。離婚したから家賃が払《はら》えなくなる、なんてことはなかったはずなのだ。

では何故移ったのか。お母さんは、お父さんと一緒に住んだみつばベイサイドコートにもう住みたくなかった。だから移った。そういうことなのだとぼくは思ってる。勝手に。

お父さんの浮気《うわき》。それがどんなものだったのか。細かなことはよく知らない。普通《ふつう》、親は子にそんなこと言わない。した側のお父さんも、された側のお母さんも。ぼくだって、訊《き》かない。原因は浮気で、悪いのはお父さん。それだけわかってればいい。

そう。悪いのはお父さん。わかってる。浮気は絶対にしちゃダメ。それもわかってる。でも。

これは言っちゃいけないことだけど。そんなことで、と、正直、思っちゃってもいる。お母さんがちょっと我慢《がまん》してればこんなことにはならなかったじゃん、と。

勘《かん》ちがいはしないでほしい。お母さんを責めてるわけじゃない。そういうことではまったくない。ただ。ちょっと我慢してれば、一人でぼくを育てなくてすんだのに。お母さん自身がここまで苦労しなくてすんだのに。そうは思ってしまう。

テレビの画面では、激安《げきやす》スーパーのタイムセールで安くなったキャベツにおばちゃんたちが群がってる。いや、おばちゃんだけじゃない。おじさんもいる。結構いる。それはそうだ。女性も男性もそこは同じ。セールが好き。安いほうが好き。

ぼんやりとその光景を見る。

好き。

について考える。

さっきから、どよ〜ん、と心が重い。足の小指を角にぶつけたときのあの激痛《げきつう》でさえ五分もあれば引くが、この、どよ〜ん、は引かない。付き合って、と亜美香《あみか》に言われたときは飛び上がったぼくも、今は南団地D棟《とう》の床を突《つ》き破ってヌプヌプと地下に沈《しず》んでいきそうだ。予想以上。ここまでとは思わなかった。

広夢《ひろむ》が亜美香《あみか》に訊いたことがあるらしい。本山《もとやま》は智斗《ともと》のどこが好きなの？

亜美香はこう答えたという。明るくてそこそこカッコいいとこかな。

広夢はそのことをぼくに伝えた。まあ、うれしかった。明るくて、はともかく。たとえそこそこでも、カッコいい、はうれしい。が、それはぼくだけの特長ではない。そこそこカッコいい男子なんて、ほかに何人もいる。

芋《いも》けんぴを食べる。ポテチなんかよりは硬《かた》いから、ポキポキと音が鳴る。

あぁ、何かちょっとヤバいな、と思う。芋けんぴはうまいけどヤバいな、芋けんぴを食べてる場合じゃないな、と。

でもどうしていいかわからない。とりあえず、ソファから立ち上がる。歩きまわりたいが、歩きまわれない。狭《せま》いのだ。団地だから。

芋《いも》けんぴをつまんだ指先がベタつくので、洗面所《せんめんじょ》に行って手を洗《あら》う。時間をかけようと思い、ハンドソープをつけて、ちゃんと洗う。

手のあとは、ついでとばかり、顔も洗う。お母さんの洗顔フォームをつかって、やはりちゃんと洗う。いつもはつかわないのだ。女性用だからか、洗い上がりがやけにしっとりするので。でも今はつかう。丁寧《ていねい》に洗い、丁寧に泡《あわ》を水で流す。

で、しっとりした自分の顔を見る。目の前の鏡に映《うつ》るそれを。

あぁ、とそこでまた思う。あのときのお母さんの顔だ、お父さんの浮気《うわき》を突《つ》きつけられたときのお母さんの顔だ、と。顔というよりは、表情。打ちのめされた人の。そう。打ちのめされると、人はこんな表情になるのだ。

タオルで顔と手を拭《ふ》き、居間に戻《もど》る。またソファに座《すわ》り、リモコンでテレビを消す。テーブルに置いといた自分のスマホをとり、その黒い画面を眺める。中学に上がったときに買ってもらったスマホだ。結果、お母さんがお父さんと離婚《りこん》した直後に買ってもらった感じにもなった。

それから二十分ぐらい、ぼくは迷う。何度も立ったり座ったりして。床《ゆか》で無理やり腕立《うでた》てや腹筋《ふっきん》をやったりもして。

最後にふうっと息を吐《は》き、ソファに座って、スマホを持つ。指紋認証《しもんにんしょう》で電源《でんげん》を入れ、LINEのメッセージを打つ。

〈真崎《まざき》と歩いてるのを見たよ〉

亜美香《あみか》に送る。この状況《じょうきょう》でぼくが何も言わないのは変だから。

既読《きどく》スルーもあり得るな、と思ってたら。返信はすぐに来る。

〈だから？〉

あれっとそこでは思う。言い方がよくなかったかな。責めてるみたいになっちゃったかな。

弁解のつもりでこう送る。

〈ただ見たっていうだけ〉

返信は、少し間を置いてから来る。

〈わたしたち、付き合ってたの？〉

「えっ？」と居間で言ってから、文字を打つ。

〈付き合ってたよね？〉

？　をつけるのは変かと思い、消す。が、結局はまたつけて、送信。

それへの返信は速い。速攻《そっこう》。サッカーで言う、カウンター一発、みたいな感じ。

〈付き合ってたってことは、今はもう付き合ってないってことだよね？〉

「えぇっ？」とまた言ってしまう。さっきよりも語尾《ごび》は伸《の》びる。

文字をどう打とうか迷ってるうちに、次も来る。

〈じゃあね〉

このやりとりの終わり、ではなく。カレシカノジョとしての終わり、なのだと思う。今はもう付き合ってない。それをはっきり示したのだ。

亜美香《あみか》も、どうしていいかわからなかったのかもしれない。とぼくに対してずっと思ってたのかもしれない。わたしたち、付き合ってるんじゃないの？　何なの？　と。

そんなときに、そこそこどころではなくカッコいい勇星《ゆうせい》に声をかけられたのだろう。いや、もしかしたら。亜美香から声をかけたのか。

玄関《げんかん》のほうでカチャリという音がして、ドアが開く。お母さんが帰ってきたのだ。

そんなふうに、お母さんはいつも自分で入ってくる。インターホンのチャイムを鳴らしてぼくにドアを開けさせるようなことはしない。ぼくはしちゃうけど。

「ただいま〜。ごめんごめん。遅《おそ》くなっちゃった」

午後七時すぎ。ちっとも遅くない。いつもどおり。要するに、お母さんはいつもそう言うのだ。

「おかえり」と返して、ぼくはスマホをテーブルに置く。

「お腹《なか》空いたよね？　すぐつくるから。待ってて」

うがいと手洗《てあら》いをすませると、お母さんは部屋に行き、着替《きが》えをすませて戻《もど》ってくる。上はトレーナーで下はジョガーパンツ。買物には行けないがごみ捨《す》てなら行ける、という格好だ。居間のテーブルを見て、言う。

「芋《いも》けんぴ。お母さんも」

そして袋《ふくろ》からとり出した二本をまとめて食べる。

ぼくは言う。

「面倒《めんどう》なら冷凍《れいとう》のピラフとかでもいいよ」

「ダメダメ。つくるつくる。お肉焼く。どっちがいい？　しょうが焼きと、焼肉のタレで焼くの」

「うーん。しょうが焼き。と思ったけど。やっぱタレ」

「了解《りょうかい》。こないだ智斗《ともと》がおいしいって言った中辛《ちゅうから》のやつにする」

お母さんはキッチンに行き、ご飯の支度にかかる。

「あ、そうだ。学校からプリントが来たよ」

「何の？」

「えーと、校外学習」

「あぁ。来週の」

「おやつは三百円までだって。税込《ぜいこ》みで」

「税込みでって」とお母さんが笑う。

その笑顔を、居間から見る。

やっぱ笑顔だよな。あのときのあの顔よりは、笑顔だよ。

そんなことを思いながら、言う。

「三百円分以上持ってってもわかんないけどね。検査まではしないから」

「でもダメ。三百円て言われたら三百円まで。税込みって言われたら税込み。自分で買う?」

「うん」

「じゃ、あとで渡《わた》す。三百円」

ぼくもまた芋《いも》けんぴを食べる。うまい。

さつま芋だからスイーツ感もあるし、揚《あ》げてるからスナック感もある。考えたら、これはかなり質が高いお菓子《かし》だ。

これまで、好きなお菓子は? と訊《き》かれたら、ポテチを一番に挙げてきた。でもあれは、じゃが芋を食べてるというよりはスナック菓子を食べてる感じがする。芋けんぴはちがう。ちゃんとさつま芋を食べてる感じがある。芋感が、がっつり残ってる。

ポテチはメジャーだが、芋けんぴはマイナー。だから意識しなかっただけ。芋けんぴ。よ～く考えたら、一番好きかもしれない。

ぼくはキッチンのお母さんに言う。

「これ、好き」

「何？」

「芋《いも》けんぴ」

「あぁ。お母さんも。おいしいよね」

「うん」

「じゃあ、智斗《ともと》」

「ん？」

「高知から取り寄せてみようか。有名なお店があるみたいだから。すごくおいしいみたいよ」

「でも高いんじゃないの？」

「高い。といっても、芋けんぴだから、一袋《ひとふくろ》で何千円もするわけじゃないし。せいぜい、今食べてるのの倍ぐらい」

「いいね。食ってみたいよ」

「よし。じゃあ、取り寄せよう」

もうはっきりとわかった。ぼくは芋けんぴが好きなのだ。だから取り寄せたい。もっと親しみたい。

で、思う。

そもそもぼくは、本当に亜美香《あみか》が好きだったのか。誰《だれ》かと付き合いたかっただけ、そこへ亜美香が声をかけてくれたから付き合っただけ、じゃないのか。付き合ったから好きになろうとしただけ。そういうことじゃないのか。

だとしても。好きになりかけてはいた。だからあんな気持ちにもなったのだ。勇星《ゆうせい》と二人で歩いてた亜美香を見て。心の底から好きだったら、この程度じゃすまなかっただろう。

実際にすまなかったのが、お母さんだ。今ならそれがわかる。

お母さんはお父さんのことが、まさに心の底から好きだったのだ。だからこそ、もうダメ、となった。我慢《がまん》はできず、離婚《りこん》するしかなかった。たぶん、そういうことだ。

亜美香は、ぼくと同じだろう。やはり誰かと付き合いたかっただけ。そんなときに、明るくてそこそこカッコいい男子として、ぼくがたまたま近くにいただけ。そこまでぼくを好きなわけでもなかったのだ。ぼくよりはずっとカッコいい勇星のことも、そこまで好きなわけではないのかもしれない。

お母さんはお父さんを好きだったから、深く傷《きず》ついた。ぼくは亜美香《あみか》をそこまで好きではなかったから、この程度ですんだ。どよ～ん、と心が重い、なんて言いながらも、のんきに芋《いも》けんぴを食べていられた。

この程度ですんでよかったけど。

もしもこの先誰《だれ》かと付き合うなら。

付き合いたいから付き合うんじゃなく、好きだから付き合いたい。

バスがゆっくりと動きだす。

「はい、動いた。おやつオーケー」と隣《となり》の君衣《きみい》がぼくに言う。

それを聞き、通路を挟《はさ》んだ席にいる学級委員の仁子《にこ》がやや大きな声で言う。

「先生。おやつを食べてもいいですか？」

「もうか？」一番前の席にいる池口《いけぐち》先生はあきれ気味にこう返す。「いいよ。ただし、バスに乗ってるあいだだけな。それは絶対守ること」

やりぃ！　と言う男子の声や、いただきま〜す！　と言う女子の声があちこちから聞こえてくる。

ぼくがバッグからとり出したお菓子《かし》の袋《ふくろ》を見て、君衣が言う。

「あ、芋けんぴ！　わたし、好き。ちょうだい。果汁《かじゅう》グミあげるから」

コンビニで買った芋けんぴ。高知からの取り寄せは最短でも六日かかるとのことで、今日には間に合わなかった。間に合ったとしても、持ってこなかったはずだ。小袋一つで税込《ぜいこ》み三百円。それのみでおやつは終わりになってしまうから。

開けた袋を差しだす。

そこからとった芋けんぴを食べて、君衣は言う。

「う〜ん。おいしい。水間《みずま》くん、校外学習のおやつに芋けんぴとか、渋《しぶ》すぎ」

「いいだろ。うまいものはうまいんだよ。好きなものは好きなんだよ」

まさに校外にいるからか、いつにも増して君衣のテンションは高い。さらにこんなことを言ってくる。

「あ、ねぇねぇ、来週バレンタインじゃん。チョコほしい？　義理チョコ」

「別にほしくねえよ」と返してからすぐに足す。「けど、もらうよ。チョコは食いたいから」

「あげても本山《もとやま》さんに誤解《ごかい》されたりしないよね？　義理チョコだからだいじょうぶだよね？」

「ん？」

「義理チョコじゃなくてもだいじょうぶだよ」

「別れたから」

「え、そうなの？」

「というか、とっくに別れてたのかな。おれがそう思ってなかっただけみたい」

「何それ」

「だからさ、くれんなら、チョコ、何個くれてもいいよ」

「そっかぁ。別れたのかぁ」そして君衣《きみい》は独り言みたいにこう続ける。「でも、まあ、義理チョコだな」

それを聞いて、笑う。そんなことを言われても笑える。相手が君衣なら。

上野動物園に君衣とパンダを見に行く自分を想像する。

芋《いも》けんぴが好きな女子は好きかも、と思う。

言う。

「帰りはさ、席、三村《みむら》が窓側《まどがわ》でいいよ」

ジャモカコーヒーボーイ

柚木麻子

ASAKO YUZUKI

その男の子にいよいよ名前をつけよう、という段階《だんかい》になった、図書館の帰り道。いつものようにわたしは舞江《まえ》と、私鉄高架下《してつこうかした》のサーティーワンに立ち寄った。

夏休みの始まる前だった。

色とりどりのアイスが並《なら》ぶガラスケースを見下ろしていたら「彼、どのアイスを食べるかな」と、かたわらの舞江がつぶやいた。

わたしはキャラメルリボンかジャモカアーモンドファッジかラムレーズンのどれかを必ずコーンで頼《たの》む。舞江の定番は、その時々の季節限定フレーバーにチョコミントを合わせたダブルのカップ。

「彼だったら、オレンジソルベじゃないかなあ」

「いや、こっくり系《けい》じゃないかな」

お母さんくらいの年齢《ねんれい》の女性店員さんコンビのうちの一人が、試食はいかがですか、と、声をかけてくれた。舞江と相談して、せっかくなら、これまで一回も食べたことがないアイスを選ぼうということになり、ジャモカコーヒーにした。濃《こ》いピンクのプラスチックスプーンがこちらに差し出された。舌《した》の上になめらかで冷たいコーヒー味が溶《と》けていくと、わたしたちは顔を見合わせた。

それからしばらくの間、彼のことをジャモカコーヒーの君、と呼《よ》んでいたが、わたしのあだ名が、舞江と出会って三か月の間で、加藤《かとう》さん、カトウ、カトリーヌ、カティに変化したように、彼もまた、八月になるまでにジャモくん、ジャモティ、モジャッティ、モジャオになっていった。


モジャオは我々《われわれ》と同じ中学一年生。山羊座《やぎざ》。

行きつけの図書館の周辺にあたる、ちょっと高級と呼ばれるエリアに住んでいて、わたしたちとは学区が違《ちが》う。モジャオ一家が住んでいそうな赤レンガ造りの低層階《ていそうかい》マンションを、わたしたちはこの夏かかって特定した。

モジャオは色白で肌《はだ》がきれいでふっくらしている。背丈《せたけ》はクラスの女子で二番目に背が高いわたしと同じくらい。フチなしのメガネをかけ、淡《あわ》い褐色《かっしょく》の髪《かみ》には生まれつきゆるやかなクセがついている。いつも大きなリュックをしょっている。モジャオは考えたことを言葉にするまで、ちょっとだけ時間がかかる。ただ、当たり前のことに気を抜《ぬ》かず、生きること自体を愛している。手をよく洗《あら》うので、短い爪《つめ》にはゴミが入っておらず、風邪《かぜ》をひくことがない。気温にあった服装《ふくそう》を心がけ、歯を三分以上かけて磨《みが》く。髪《かみ》からも身体からも、家族と兼用《けんよう》しているキュレルのいいにおいがする。字を書くことに真剣《しんけん》なため、筆圧が強い。わたしたちはモジャオが書きそうな文字というものをサンプリングして、ともにＭＯＪＡ《モジャ》体を習得していた。母親が文具メーカーに勤《つと》めている影響《えいきょう》で、どの教科のノート作りも自分のやり方で工夫をこらす。

スマホやゲームと適度に距離《きょり》をとっており、睡眠《すいみん》が十分だから、授業中いねむりしない（そのせいで百二歳《さい》まで生きる）。農業系《けい》の大学に進み、北海道にあるヨーグルトメーカーに入社、一人暮《ぐ》らしを経験。その後、退社《たいしゃ》して地元の牧場で働く。三十二歳で神奈川県で再就職《しゅうしょく》して防災グッズを作る仕事に就く。

図書館で借りたノンフィクションやミステリーを好む。天文学部と水泳部に所属している。目立った活躍《かつやく》をしないが、活動そのものを楽しむから、彼の周りにはいいバイブスがある。モジャオは、教師の父親の影響で星を見るのが好きだ。二十七歳のとき、大学時代から付き合い続けている婚約者《こんやくしゃ》と出かけた御殿場《ごてんば》のキャンプ場で、彼女の名前がついた惑星《わくせい》を発見することになっている。

社交的というわけではないが、人によって態度は変えず、どんな些細《ささい》な話でも最後まで黙《だま》って聞く。人間関係でもめたことはないが一度だけ、女子の容姿《ようし》をランキング付けしていたクラスメイトをやんわりとがめたことがある。モジャオの年の離《はな》れた社会人の姉はK－POPオタクだ。その影響で二十才以上で構成された強そうな女性アイドルグループのダンスを完コピすることができる。わたしたちと同じようにモジャオにも親友がいる。同じマンションの一階に住む、幼馴染《おさななじみ》の浩太《こうた》くんだ。浩太くんはぶっきらぼうに見える損なタイプで誤解《ごかい》を生みやすい。安定したメンタルのモジャオを疎《うと》ましく思い、ブロックしていたこともある。が、モジャオはスマホ画面だけ眺《なが》めて時間を浪費《ろうひ》するタイプではない。浩太くんの家を訪《たず》ね、両親に取り次いでもらい、彼と交渉《こうしょう》してブロックを解除《かいじょ》させた。今では二人は学校帰りに待ち合わせてたこ焼きを食べたり、互《たが》いの部屋でゲームをしたり漫画《まんが》を読んだりして過ごしている。

中間試験が終わったくらいから、好きな人、ないし、芸能人か二次元の推《お》しがいないと、許されない雰囲気《ふんいき》になりつつあった。

「加藤《かとう》さんと吉田《よしだ》さんって、いつも二人でいるけど、好きなタイプとかいるの？」

と、うっすらイジっている風に聞かれることが多くなったので、わたしたちはよく話し合った。異性《いせい》が好きなのだ、とは思う。特に舞江《まえ》は漫画《まんが》を読むのも描《か》くのも好きだから、イケメンキャラの話をさせると止まらない。

しかし、うちのクラスの森崎陽司《もりさきようじ》くんみたいな、現実の人気者が好きなわけでもない。森崎くんはくっきりと二重で背《せ》が高く、バスケ部で成績も悪くない。冗談《じょうだん》好きでリーダーシップをとる性格だ。でも、「なんかがちがうんだよな」ということで、一学期から舞江と意見は一致《いっち》していた。それは、実はわたしと森崎くんは家が近所で、小学校も保育園も一緒《いっしょ》だったので、五歳《さい》の彼がオナラをするとき、大声で告知したり、ゴミや虫をこれみよがしに口に入れようとしたり、それでも注目が集まらないと床《ゆか》にひっくり返って泣いたりしていたことを、覚えているためではない。昔はわたしをすうちゃんと呼《よ》んでいたくせに、今はよそよそしく「加藤さん」呼びなためでもない。

最近の森崎くんは、なんとなくこわい。フレンドリーに接してきてはいても、こちらが何かしくじったら嘲笑《ちょうしょう》してきそうな空気が漂《ただよ》う。昔、ようちゃんって本当にうるさいなあと迷惑《めいわく》に思ってはいたが、こわいわけではなかったのに。

「分かり合おうとしてくれる相手がいいな」

休み時間、窓側《まどがわ》にあるわたしの席で好みのタイプについて語り合っていたら、舞江はアン王女の記者会見のように、パーフェクトに答えた。

「カティと同じように、まずは人間として分かり合おうとしてくれて、普通《ふつう》に話しあえる人間がいい。好きになるかどうかはおいておいて、そこからスタートしたい」

「そうそう、それって高望みじゃないよねえ」

周囲を見渡《みわた》したが、確かにそんな男の子は、クラスにいないのだ。穏《おだ》やかそうに思える子たちはわたしたちを前にするとおどおどするから、こっちも無理になってくる。賢《かしこ》かったり目立つ子は、いいなあ、とは思うけど、だいたい森崎くんみたいにどこか冷ややか。あとは、女子を値踏《ねぶ》みしてくる男の子が多くて、身がすくんでしまう。小学校高学年くらいから、男の子がなんとなく苦手になってきたのは、舞江もわたしも同じだった。

「でもさ、男子がこわい、なんて思う、わたしたちがいけないのかな？　もしくは、男子に親切にされない、わたしたちに問題が……」

「そんなわけない！　わたしも舞江《まえ》もすっごく素敵《すてき》だよ」

わたしもそう思うけど、と舞江はつぶやき、黒板の方を見やった。柴田《しばた》さんがほかの生徒を次々に相手にしながら、マルバツゲームをしている。勝敗がつくたびにさっと消してすぐ書き直していくから、黒板がどんどん白くなっていく。小学校でよくやった遊びだけれど、身体のすみずみまでバネが入っているような柴田さんがやると、パフォーマンスアートみたい。生徒会の腕章《わんしょう》さえ彼女にかかればおしゃれアイテムだ。

運動神経抜群《ばつぐん》の柴田さんは森崎《もりさき》くんのことも「陽司《ようじ》、マルバツよっわ！」なんて雑にイジッていて、むしろ喜ばれている。

気持ちがしぼみそうになったとき、お母さんの言葉を思い出した。

うちのお母さんはわたしが幼《おさな》いころから、毎晩《まいばん》、ネット配信のハリウッド製作のラブコメばかり見ている。ついこの間、全部同じ話に見えるとつっこんだら、お母さんはぜんぜん違《ちが》ーう、と首を横に振《ふ》った。何度も見ているやつだから、一時停止さえしない。

――このジャンルは視聴者《しちょうしゃ》にここちよく見られることを研究しつくしている。ここちよさ、というのは時代によって違うから、作り手が常に勉強しているんだよ。たとえば、ちょっと昔のラブコメを見ると、え？　て思うことたくさんあるでしょ？

そういえば、この間、テレビでお母さんと観《み》た、白黒映画《えいが》の「ローマの休日」のアン王女のお相手は、ずいぶんとおじさんで「え？」となったのを思い出した。でも、公開された一九五〇年代は、みんなのお姫様《ひめさま》、オードリー・ヘップバーンのお相手は落ち着いた紳士《しんし》が生々しくなくていいよなあ、と多くの人が疑問《ぎもん》なく思っていた、とお母さんは教えてくれた。

――最近はこのジャンルで同性同士の恋愛《れんあい》が増えてきた。さまざまな人種が主役だったり。昔は若《わか》い子と年上の恋愛が多かったけど、同年代同士で恋するのが主流かなあ。あと、こういうラブコメの王子様、今一番多いのは、お金持ちなプレイボーイじゃなくて、平凡《へいぼん》でも育児や家事をがんばっているシングルファーザーだよ。

――なになに、パパがかっこいい？

と、お風呂《ふろ》上がりのお父さんが割《わ》り込《こ》んできたので、この話はおしまいになったが、お母さんのラブコメ観は、わたしの中に根ざし、しらないうちに膨《ふく》らんでいったようだ。
わたしはちょうど買ったばかりの無印良品のルーズリーフを取り出して、一ページ目に「ここちよくていい」と大きく書いた。舞江《まえ》がすぐに「こわくない」と書き添《そ》えた。わたしも嬉《うれ》しくなって「かつてない」と加える。舞江が太めの水性ペンを取り出し、ニコニコ笑顔のうさ耳眼鏡イケメンを描《か》きあげた。わたしたちは「こわくなーい」と口パクして、音を出さずに拍手《はくしゅ》した。

期末試験が終わるやいなや、わたしたちは、同級生に出くわす心配がない、隣町《となりまち》の図書館に通うようになった。クーラーのきいた談話室で、「こわくない男子アイデア」をルーズリーフに書き込《こ》んでいった。彼はノート作りが上手という設定に添い、丁寧《ていねい》にペンを色分けし、要所要所でまとめを入れ、シールを奮発《ふんぱつ》した。わたしが文章を書き、舞江が絵を描いた。不安をもたらすような人は、そもそもわたしたちにはふさわしくない——。ルーズリーフを足したり抜《ぬ》いたり破り捨《す》てたりするうちに、わたしたちの中で揺《ゆ》るぎないものになっていった。するといった、入学式から続いていた引け目が消えて、やる気がみなぎってきた。

しかし、図書館中庭のセミの鳴き声が高まっていく頃、わたしはふと眉《まゆ》を寄せた。

「この分だと、モジャオめっちゃ、モテてしまうんじゃないの？」

舞江は、オッ…という感じで腕組《うでぐ》みした。この段階《だんかい》まで、モジャオは長身の眼鏡イケメンだった。もちろん、舞江の作画が見事なので、ホワホワした笑顔や寝癖《ねぐせ》で、親しみが持てる工夫はされている。

実はうすうす、不安だったのだ。人気者だけど周囲にまったく揺るがされない、という夢みたいな設定を与《あた》えると、これまで緻密《ちみつ》に積み重ねてきたリアリティが崩《くず》れる。ちやほやされても影響《えいきょう》を受けないでいられる十三歳《さい》はこの世界にいない。森崎《もりさき》くんがいい例だ。それに、長所だけでできた人物を崇拝《すうはい》することはやがて、わたしたちの精神を蝕《むしば》むようになるだろう。

みんなに愛されているモジャオだが、本当の意味でわたしたちだけがモジャオのよさを理解している、という線は守りたい。だから、舞江と相談を重ね、モジャオにできるだけ、目立たない容姿《ようし》を与えることにした。派手な活躍《かつやく》も消し、欠点や弱さも与えた。きらやかなキャラクターが大好きな舞江はちょっと不満だったようだけど。

お盆《ぼん》休みが終わった頃、一回だけモジャオノートを紛失《ふんしつ》したことがあった。わたしは悪意ある第三者に拾われてSNSにさらされたらどうしようと泣きそうだったが、舞江《まえ》は落ち着いていた。寝付《ねつ》けないでいると、連続でLINEが来た。必ず見つかる、どこにもわたしたちの情報は書いていない、もし騒《さわ》がれても、漫画《まんが》の構想だとかいくらでも言い逃《のが》れができる、と。翌朝《よくあさ》、図書館のカウンターで司書さんに、紛失物《ふんしつぶつ》は届《とど》いていないか、と尋《たず》ねるときは声が震《ふる》えた。ついさっき、談話室でこれを拾ったと届けに来てくれた人がいる、と、モジャオノートが差し出され、わたしたちは抱《だ》き合って喜んだ。図書館で一晩《ひとばん》過ごしたなんて、ノートもさぞ不安だったろう。

わたしたちは八月三十一日に、百二歳《さい》で死んだモジャオの葬儀《そうぎ》の日程や火葬場や喪主《もしゅ》を決めたあと、デジタル制作した彼の年表を貼《は》り付け、ノートの最後にFinと書き入れた。

「好きっていうかはちょっとわからないんだけど、男友だちならいる。違《ちが》う中学なんだ。夏の間、図書館に通ううちに仲よくなった。舞江と三人で遊んでいる」

という答えは、ごく自然かつ、大人っぽかったと思う。質問してきたのは、前の席のお調子者の須藤《すどう》くんだった。別にわたしたちに限らず、担任《たんにん》の前田《まえだ》先生にさえ「どんなタイプが好きっすか？」と挨拶《あいさつ》のように聞く人間だ。

二学期が始まって、一か月が過ぎようとしていた。

須藤くんがリアクションするより早く、親友の楡咲《にれさき》さんと喋《しゃべ》るために斜《なな》め前の机《つくえ》に腰かけていた柴田《しばた》さんが、へえ、という顔をして、振《ふ》り返った。まともに喋るのは、これが初めて。

「ふーん、どんな子なの？」

「すごく普通《ふつう》の子だよ。わたしたちはモジャオって呼んでる。なんか……こわくないんだよね、彼。女子を値踏《ねぶ》みしたり、じろじろ見ないから」

柴田さんはまじまじとわたしを見た。うわ、変なこと言っちゃったかな、と、後悔《こうかい》したが、柴田さんは前のめりになった。

「それな!! こわくない、大事～！」

「え、柴田さんでも、こわい、がわかるの!?」

わたしの机の横で、しゃがみ込《こ》んでいた舞江が目を丸くしている。

「わかるよ、めっちゃわかる！ いいなー、と思う相手でも、あれ、なんか今、あたし、すごいランク付けられてない？　とか思うと、地味に傷《きず》つくし」

柴田《しばた》さんは須藤《すどう》くんを押《お》しのけて、こっちの机《つくえ》に体を寄《よ》せてきた。夏の間にいっそう日に焼けて、スカートからのぞく太ももが海から上がったばかりみたいにピカピカだ。

「あれ、ランクの順位に関係なく、すっごい嫌《いや》だもんねえ」

と、ほかのクラスからわざわざのぞきにくるファンもいるくらい、華《はな》やかな容姿《ようし》の楡咲《にれさき》さんまで、そう言って、椅子《いす》を引きずってきたのには驚《おどろ》いた。

「なにそれ、勝手に性別だけでこわい、とか言われて、差別じゃない？」

いつの間にか、森崎《もりさき》くんがそばに立って、薄《うす》く笑っていた。

「はあ？　男ってだけで全員が全員、こわいとかうちら、一言も言ってないからね？」

柴田さんは教室中に響《ひび》き渡《わた》る声で、即《そく》言い返した。

「陽司《ようじ》、自分じゃ気付いてないけど、圧めっちゃやばいときあるからね？　今の割《わ》り込《こ》み方とかさあ」

これで、クラス中が、わたしたちのやりとりに注目することになった。どうしよう、という風に、舞江《まえ》が机《つくえ》の陰《かげ》に隠《かく》れて、こちらを上目づかいで見ている。楡咲さんばかりではなく、二次創作《そうさく》が大好きな望月《もちづき》さんのグループがクスクスと笑っている。森崎くんの圧やばいって思うの、わたしたちだけじゃなかったんだ——。そう思ったら、なんだか急にクラス全体が、図書館の談話室くらい近しく感じられてきた。

「でもさ、そのこわい、を乗り越《こ》えるのが、成長なんじゃないの?」

森崎くんの側近の菅井《すがい》くんが、おじさんくさい口調で言い出した。

「なんでこっちが乗り越えなきゃいけないんだよ。ジロジロ見たり、ニヤニヤ笑ったりするなってだけの話なんだが」

柴田さんがピシャリと切り返し、わたしは内心、喝采《かっさい》を送る。

「あんたらより、のっさんとか河本《かわもと》くんの方がぜんぜん感じいいからね? でも、この子たちはこっちがしゃべりかけると、ヒッてなっちゃうしさあ。あ、てことは、あたしも圧やばい?」

急に注目を浴びたのっさんと河本くんが、本当にヒッという顔をして顔を赤らめたので、一瞬《いっしゅん》静まったあとに、あたたかな笑いが起きた。わかる! あんまりクラスメイトと関わらないし、わたしたちにあまりにもおっかなびっくり接するから、もう近づかないようにしているが、彼らはこわいという感じはない。のっさんと河本くんの二人だけで完結している雰囲気《ふんいき》は、モジャオと浩太《こうた》くんの仲良し描写《びょうしゃ》の参考にさせてもらった。のっさんが天文部だというのも設定に活かした。

「でも、そいつ、かっこいいわけ？　何ができるわけ？」

森崎《もりさき》くんは食い下がった。

「モジャオは、かっこいいとか、すごいとかじゃなくて人として信頼《しんらい》できる感じかなー。こっちの話を興味持って最後まで聞いてくれるんだよね」

勇気が出てきたのか、舞江《まえ》がそんな風に言ったら、あちこちで何人かが深くうなずいている。

「学年トップとかじゃないけど、ノート作りが上手で、参考になるよ。キュレルのいいにおいがするんだ。お姉ちゃんと仲良しだから、韓国《かんこく》のアイドルに詳《くわ》しくて、うまいわけではないけど、ダンスも完コピできる。天文部と水泳部に入っていて、読書が好き」

「何それ、一緒《いっしょ》にいてすごい楽しいやつじゃん！」

柴田《しばた》さんと男子の話で盛《も》り上がるなんて、嘘《うそ》みたいだ。それぞれ趣味《しゅみ》が違《ちが》う教室の女の子たちが、遠慮《えんりょ》がちにどんどん集まってくる。恐《おそ》る恐るといった感じで、のっさんと河本《かわもと》くんまですぐそこにやってきた。それにつられて、男子たちもチラチラこちらを見ている。

「三人は男女の大親友て感じ？」

「いや、モジャオには一番の親友がもういるから、わたしたちは仲良しの友だちだね」

モジャオと浩太《こうた》くんのささやかな歴史について簡単《かんたん》に説明すると、河本くんまで顔を綻《ほころ》ばせた。

「まじで紹介《しょうかい》してほしい。モジャオくんて、好きな人とかいるの？　二人は狙《ねら》ってる？なら、遠慮《えんりょ》する」

柴田さん、楡咲《にれさき》さんと仲良しの、宮田《みやた》さんという、夏の間に彼氏ができてすぐ別れたという噂《うわさ》の女の子まで、ごく当たり前の顔で頼《たの》んできたときも、わたしは落ち着いていた。

「モジャオとはいい友だちだよ。向こうに今、好きな人とかはいないと思う。ただ、紹介《しょうかい》とかってあんまり合わなそうに見える。モジャオは別に出会いとか頑張《がんば》って探《さが》さなくても、普通《ふつう》に暮《く》らしていたら自然にいい人に出会うことが、わたしたちの中でもう確定しているんだよね」

わたしはそっと舞江《まえ》に目配せする。モジャオが大学時代に出会う生涯《しょうがい》のパートナー、あさみさんは植物専門《せんもん》のカメラマンだ。ショートカットで手足が長く、どんな固い瓶《びん》の蓋《ふた》でもひとひねりで開けられるほど握力《あくりょく》が強い。二人は遠距離恋愛《えんきょりれんあい》の末に三十三歳《さい》でゴールインして生涯添《しょうがいそ》い遂《と》げる。

「わかる！　こわくない系《けい》男子は、彼女作ろうとか意気込《ご》んだりしないもんねえ」

宮田《みやた》さんは、むしろ満足した様子で引き下がり、ほっとした。

モジャオとあさみさんの子どもとなる、ユウちゃんとカオルちゃんの進路まで全部決めているので、我々《われわれ》がモジャオと関わる発想は七月の末くらいには消えていた。付き合えないし、付き合わなくていい。彼はわたしたちにとって夜空の星だ。のちにモジャオが発見することになる「あさみ星《せい》」のような、控《ひか》えめだけど永遠にまばゆく輝《かがや》く——。

「加藤《かとう》さん！」

舞江と早めに教室移動していたら、背後《はいご》で森崎《もりさき》くんの声がした。面倒《めんどう》な空気を察して、わたしはまず、舞江を先に音楽室の方へ逃《にが》して、廊下《ろうか》の壁《かべ》に右肩《みぎかた》をくっつけた。

「ねえ、加藤さん、そのモジャオとかいうやつ、会ってみたいんだけど。水泳部って言ったよね。どこの中学?」

彼とここまで近距離《きんきょり》で話すのはもう六年ぶりくらいだが、わたしは冷静だった。先ほどのクラスメイトの好評を受けてモジャオの設定に自信が生まれたせいもある。

「いや、ごめん、モジャオ、部活や浩太《こうた》くんで、いつも忙《いそが》しいんで」

「別に今すぐじゃなくてもいいよ、待つから」

森崎くんはやけに食い下がる。背《せ》が高いので、わたしでも簡単《かんたん》に通せんぼされてしまう。

こわいというより、うんざりした。

「いや、そもそも、モジャオと森崎くん、あんまり合わないかも」

「心配なんだよ。加藤さんのことが。うちら幼馴染《おさななじみ》じゃん」

大袈裟《おおげさ》にこちらをのぞき込む彼に、はあ? となった。何年もの間、他人行儀《たにんぎょうぎ》に接しておいて、今さら何を言っているんだろう。

舞江が好きな学園アニメだと、実は森崎くんはずっとわたしのことを大切に想っていて、という設定になっていたりするが、あせってゆがんだその顔に、わたしへの興味は一ミリもない。

「そいつこわくないふりして、本性隠《かく》しているんじゃん？」

ははー、とわたしは急に納得《なっとく》した。森崎《もりさき》くん、モジャオ人気に嫉妬《しっと》しているんだ。

「なに、笑ってんの？」

「ようちゃん、昔とキャラ違《ちが》いすぎて、面白いなあって」

突然《とつぜん》、森崎くんはあの五歳《さい》のときと同じ、ギャン泣き寸前《すんぜん》の顔になった。

「別にキャラ変したっていいだろ、そんなの俺《おれ》の自由じゃん。そんなキャラに一貫性《いっかんせい》あるやつ現実にいるわけないじゃん」

ボロが出るのがこわいのもあって、わたしはとっさに目をそらし、その場をさっさと離《はな》れることにした。

「モジャオとかいうやつ、普通《ふつう》ぶってるけど、めっちゃハイスペで恵《めぐ》まれてんからな！　キユレルとかめっちゃ高《たけ》えし！」

後ろから、森崎くんのわめき声がする。モジャオは特別リッチという訳《わけ》では、と考えて、ハッとした。そういえば、ようちゃんのお母さんはシングルで、いつも仕事で忙《いそが》しそうだった。運動会も合唱コンクールも、痩《や》せたおばあさんが代わりに見にきていた。商店街のハロウィンパレードのとき、ようちゃんは一人だけ仮装《かそう》をしていなかった。魔女《まじょ》の帽子《ぼうし》を欲《ほ》しがって泣くので、仕方なく貸してあげた思い出がある。小学校高学年くらいから、スーパーやドラッグストアのポイント二倍デーに一人で買い物している彼を、何度か見かけている。

そういえば、わたし、キュレルの値段《ねだん》を知らない。


「なんなの、あれ」

その日の夕方、図書館の談話室に舞江《まえ》が姿《すがた》を現すなり、わたしは愚痴《ぐち》った。

「柴田《しばた》さんたちが、モジャオ褒《ほ》めてたの、嬉《うれ》しかったね。それが癪《しゃく》に障《さわ》ったんじゃん？」

舞江は森崎くんに興味がないらしく、向かいのパイプ椅子《いす》に腰《こし》かけ、いそいそとモジャオノートを広げる。

森崎くんの泣きそうな顔を思い浮《う》かべたら、少々胸《むね》が痛《いた》んでもいる。でも、わたしたちの創造物《そうぞうぶつ》で心を乱《みだ》されているなんて、ちょっといい気味。

そのときだった。舞江が、えっ？　という顔をした。わたしを全く見ていない。視線《しせん》は、舞江の真横を今まさに通り過ぎようとしている身体に向けられている。わたしからはその顔は見えないが、ふんわりと降《ふ》りかかってきたのは、間違《まちが》いなくキュレルのにおいだ。

Tシャツから伸《の》びた真っ白でむちむちした二の腕《うで》、肘《ひじ》はピンク色、ゆったりしたデニム、重そうなリュックサック。太い首の上には褐色《かっしょく》の癖《くせ》っ毛。大きな耳には眼鏡の柄《つる》がかかっている。

身体の方が先に動いて、わたしは談話室を飛び出して行った。

辺りを見渡《みわた》すと、図書館の申し込《こ》みカウンターに、大きな背中《せなか》があった。わたしはできるだけ気配を消して、隣《となり》のブースから、彼の手元に目を凝《こ》らす。柔和《にゅうわ》な横顔、ふちなし眼鏡、ふっくらした艶《つや》のある唇《くちびる》。彼は備え付けのボールペンをつかむと、力いっぱいMOJA《モジャ》体で「スティーブン・キング『痩《や》せゆく男』」と書いている。名前の欄《らん》まで見たかったが、目が合いそうになったので、その場を飛びのいた。新着本の棚《たな》に身を隠《かく》していたら、舞江《まえ》がわたしのリュックも手にして、隣までやってきた。彼はカウンターで申し込み書を提出すると、正面玄関《げんかん》に向かっていく。数メートルの距離《きょり》を守りながら、あとを追う。風がもう冷たくなり始めていた。彼が住宅地を抜《ぬ》けて、高架下《こうかした》のサーティーワンに入るのを見届《みとど》けると、植え込みに背中をかがめ、ガラス窓越《まどご》しにそっと店内をうかがう。

彼は確かに、店員さんからジャモカコーヒーを受け取っていた。

図書館に引き返して、自転車を並《なら》んで押《お》す、わたしたちは無言だった。

暗くなるのが早くなったせいもあって、カラスの鳴き声やお寺の鐘《かね》の音さえ不穏《ふおん》だった。

「サーティーワンでジャモカコーヒーを頼《たの》む中学生男子なんて、この世界にいくらでもいるし」

そう言いながら、自信がなくなっていた。字ばかりではなく髪《かみ》も体型、愛読書まで同じはありえない。ずっと黙《だま》っていた舞江が絞《しぼ》り出すような声で言った。

「もう、やだ、あの図書館行きたくない。あれ幽霊《ゆうれい》かなんかだよ」

舞江はオカルトが大の苦手なのだ。わたしが薦《すす》めたスティーブン・キングの「ペットセメタリー」も怖《こわ》くて読めないと言って、途中《とちゅう》で返したくらいだ。

「図書館の裏《うら》にお墓《はか》あるじゃん。きっと死者がわたしたちの偶像崇拝《ぐうぞうすうはい》を罰《ばつ》しようとしてるんだ」

「いや、本物の人間だったと思うけど。アイス食べてたじゃん」

わたしは状況《じょうきょう》に段々《だんだん》と慣れつつあって、自分でも驚《おどろ》いてる。

「何それ、たまたま、モジャオそっくりな人間がたまたま存在《そんざい》したの？　そっちはそっちでこわいよ」

「でも、実在しても、おかしくはない、よね」

なぜならモジャオは超人《ちょうじん》ではないので——。

舞江《まえ》は足を止めた。もしかしたら、彼という人間は我々《われわれ》の生活圏内《けんない》に最初からいたのではないか。図書館やサーティーワンで何度もすれ違《ちが》っていて、その気配が知らず知らずのうちに、我々の無意識レベルで影響《えいきょう》を与えていたとしたら。そっちの方がオカルト論《ろん》より、納得《なっとく》がいく。

「まあ、もうちょっと様子見て、距離《きょり》詰《つ》めてみようよ。名前だってまだ知らないんだし。こわがるのは早いんじゃないかな」

「わたしのこわい、を尊重《そんちょう》してくれないの？　ほら、見て、手とかめっちゃ冷たくなっちゃってるんですけど」

舞江は小さくて冷たい両手を伸《の》ばしてきた。大袈裟《おおげさ》だなあ、と思った。そんなの気温が下がっているからだ。それに舞江は、モジャオがいなくなるのを見届《みとど》けてから、アイスをダブルで平らげている。そう指摘《してき》したら、舞江は手を振《ふ》りほどき、チョコミントのにおいがする息を吹《ふ》きつけてきた。

「だから、言ったじゃん、モジャオはもっとハイスペックにしておくべきだって。やっぱり、超絶《ちょうぜつ》イケメン御曹司《おんぞうし》のスーパー生徒会長にするべきだったんだよ」

「だから、それじゃリアリティが」

「何、そのリアリティって。わたし、そんなもの最初から必要なかったよ。安心してときめいていたかっただけなんだよ！」

舞江が暗闇《くらやみ》の中でもわかるほど、目を真っ赤にしている。幽霊《ゆうれい》に怯《おび》えているというより、すごく悲しそうに見えて、わたしはびっくりした。

「それはちょっと不健康じゃない？」

「わたし、カティみたいにこわいものなしじゃないもん。もう、傷《きず》ついたりしたくない」

そういえば、小学校の学区が違う舞江の過去を、ほとんど聞いたことがなかった。わたしが何か言おうとしたら、さえぎられた。

「カティはいつもそうだよね。自分がいつも正しいと思っててさ。勝手にどんどん決めちゃうじゃん」

「でも、モジャオのことは二人で話しあって決めてきたじゃん、全部」

急に自信がなくなってきたのは、舞江《まえ》に先ほどの森崎《もりさき》くんの顔が重なったためだ。

「違《ちが》うよ、カティ主導じゃん、いつも。モジャオってつまりは、カティの分身なんだよ。モジャオの愛読書とか、ほぼ同じじゃん！　カティ、もしかして、あの幽霊《ゆうれい》のこと、もう好きになっちゃってるんじゃないの!?」

そう言うと舞江は、自転車にまたがって、すうっと視界《しかい》から消えてしまった。

ひとりぼっちの帰り道は真っ暗で、夜空に瞬《またた》く星がやけに光って見えた。でも、あれはあさみ星《せい》じゃない気がする。

翌日《よくじつ》から、舞江は、望月《もちづき》さんのグループとお弁当を食べるようになった。

一週間がすぎた。

ひとりでぼんやりしていたら柴田《しばた》さんが「最近、だいじょぶそ？」と声をかけてくれて、大人っぽい三人組とお昼を食べることになった。宮田《みやた》さんは「もしかして、例の彼のことで、吉田《よしだ》さんと仲違《なかたが》いしちゃったとか？」と目を光らせる。それはそうなので、うなずいた。「男女三人の友情ってバランスが難《むずか》しそうだもんねえ」と、おそらく誰《だれ》をも夢中にさせてしまうせいで何度も人間関係の破綻《はたん》を経験しているであろう楡咲《にれさき》さんが、冷凍《れいとう》じゃないカニクリームコロッケをお弁当の蓋《ふた》に分けてくれた。

「でもさ、加藤《かとう》さんと吉田さんには、感謝してるよ。ほら、二人の友だちの、ええと、モジャオくんの話で盛《も》り上がってから、うちのクラスの男子、変わってきたよね？」と、柴田さんが励《はげ》ますように言った。

言われてみればそうだった。あの日から、そういえば、男子がこちらをジロジロ見なくなったし、よそよそしくもない。のっさんと河本《かわもと》くんも普通《ふつう》に話しかけてくれるようになった。来月に迫《せま》った文化祭の話し合いも、役割《やくわり》決めがとんとん拍子《びょうし》で進んでいる。

柴田さんみたいなこわいものなしに見える子でさえ、値踏《ねぶ》みはこわい。それがはっきりしたことで、みんな楽になったのだ。もしかすると、男子も男子で、これまで毎日すごく緊張《きんちょう》していたのかも。絶対に下に見られたくない、という不安で、威圧的《いあつてき》に振《ふ》る舞《ま》っていたのかも。

ただ、森崎《もりさき》くんだけは、あの日からずっと元気がない。いつもなら率先して手を挙げる、クラスの出し物決めでも、窓《まど》の外の欅《けやき》を眺《なが》めてばかりだ。わたしはなんだか心配だった。

舞江《まえ》は一度も目を合わそうとしない。ずっと一緒《いっしょ》に生きてきたように思っていたけど、よく考えたら仲よくなってまだ半年も経っていないのだ。一生このまま？　わたしにとって値踏《ねぶ》みやランクづけより、ずっとこわい、暗闇《くらやみ》に落ちていくような気分にさせられる。

「あのさ、お願いがあるんだけど」

わたしは思い切って、柴田《しばた》さんに声をかけた。

「アンケートにご協力いただけますか？」

声をかけたら、モジャオは「クリスティーン」の文庫から目を上げた。わたしたちは初めて見つめ合った。

メガネの奥《おく》の色素の薄《うす》い目、つやつやの肌《はだ》、やわらかそうな癖《くせ》っ毛。引き込まれそうになるが、取り澄《す》まして隣《となり》に腰《こし》を下ろす。

金曜日の夕方と土曜日の今日半日。図書館で張り込《こ》みして、書庫の間に置かれた古いソファで、モジャオが読書しているのをようやく発見した。わたしは、柴田《しばた》さんからこの週末だけ借りた腕章《わんしょう》を、鞄《かばん》から取り出して身につけた。ノートとペンを手に、忍《しの》び寄った。

「わたし、隣《となり》の街の中学の生徒会の委員です。うちの学校の図書室利用を増やすために、利用者の多いこちらの図書館のユーザーである同世代に放課後の過ごし方を聞いているんですが」

案の定、え？ という顔をされたが、それに被《かぶ》せる形で、え？ という表情を浮《う》かべ、質問でねじ伏《ふ》せた。

「部活は入っていますか」

「水泳部と天文部に入っています」

そう、モジャオはこういう声だ。声変わりしたばかりで、やわらかくてかすれていて、ちょっと甘《あま》い声。身体の中でどくっと血が動くのがわかる。

「ここではどんな本を借りますか」

「ミステリーとかホラー、ノンフィクションが好きかな？ 読むようになったのは最近だけど。スティーブン・キングに今はハマっている」

「放課後よく一緒《いっしょ》に過ごすお友だちはいますか？」

「います。小さいころからの友だち」

こんなに妙《みょう》な質問をしているのに、莫迦《ばか》にした雰囲気《ふんいき》が全くないのが、すごい。これまで会った男子の中で、一番「こわくない」。会って二回目だというのに、昔からの知り合いみたい。

「お二人は、どんなふうに過ごしますか。この図書館を使いますか？」

「え、向こうはそんな本好きって感じじゃないから、お互《たが》いの家とかスーパーのフードコートに行ったりする。でも、一緒《いっしょ》にいても別々の動画を見ているだけで、何もしていないけど。

え、なに？　これ、本当に中学のアンケートなの？」

わたしはサッと立ち上がる。雲行きが怪《あや》しくなったら、すぐ逃《に》げると決めていた。

「質問を終わります。ご協力ありがとうございます」

頭を下げて背中《せなか》を向けようとしたら、

「いつも一緒にいる子、最近、一緒にいないいんだね」

わたしはごまかすのを忘《わす》れてしまった。怪訝《けげん》そうな顔になっても、モジャオは全くと言っていいほど、圧がない。

「あの、余計なお世話かもしれないけどさ、悪くなくても、自分から折れてみたら？」

今度こそ、わたしは猛《もう》ダッシュで図書館から逃げ出した。


お母さんは、わたしが夏が終わってもアイスを食べたがると「若《わか》いねえ」と感心したような顔をする。でも、お母さんが好きなニューヨークのラブコメ主人公は、若かろうが若くなかろうが、失恋《しつれん》するとパックの巨大アイスを爆食《ばくぐ》いする。アイスは恥《は》ずかしさを溶《と》かしてくれる魔法《まほう》の食べ物だ。

多分、お母さんはもうあんまり恥ずかしいことがないんだろう、と思う。

もうすぐハロウィンだから、サーティーワンの店内には棺桶《かんおけ》の形をしたパッケージ、紫《むらさき》やオレンジの限定商品にコーンを伏《ふ》せて、帽子《ぼうし》を被《かぶ》った魔女《まじょ》に見立てた盛《も》り付けが、ポスターになって貼《は》られている。ありものでうまく考えたなあ、文化祭で使えるかも、と感心していたら、自動ドアの派手《はで》なロゴが二つに分かれ、仏頂面《ぶっちょうづら》の舞江《まえ》が現れた。わたしは立ち上がり、すぐに頭を下げた。

「確かに、わたし、一人で決めてたとこ、あった。ごめん」

舞江《まえ》は、自動ドアが開けっぱなしになっているにもかかわらず、その場をしばらく離《はな》れなかった。

浩太《こうた》くんとモジャオの仲直りの経緯《けいい》は、わたしの理想である。ようちゃんと疎遠《そえん》になっていったように、特に喧嘩《けんか》したこともないけれど、なんとなく話さなくなった友だちが、十三年間の人生の中で、何人か思い浮《う》かぶ。浩太くんとモジャオのような復活は本当にはないよな、とちゃんとわかっている。

でも、今ここで現実にしてしまえばいいや。

モジャオにでっちあげアンケートをしてすぐ、謝りたいからサーティーワンに来て、とすぐに舞江にLINEした。

「図書館で会いたくないって気持ちを、尊重《そんちょう》してくれたのは、ありがとう」

と、舞江は小さな声で言って、ようやく向かいに座《すわ》った。

「なんか無視《むし》したりして、ごめんね」

そんなことないよ、と首を横に振《ふ》り、わたしは財布を握《にぎ》りしめてカウンターに向かった。チョコミントとジャモカコーヒーをダブルで注文した。ブラックコーンを魔女《まじょ》の帽子《ぼうし》にしてもらうことも忘《わす》れない。

「はい。お詫《わ》び。わたしたち、試食で一口しか食べてないじゃん？」

そう言って差し出したら、舞江はようやくちょっと笑って、コーヒーの方から食べ始めた。

「おいしい。コーヒー味だけど、あんまり苦くないんだね」

「そうなんだ！　わたしも頼《たの》んでくる」

ジャモカコーヒーとジャモカアーモンドファッジをダブルで舐《な》めていたら、この十日間の緊張《きんちょう》がゆっくり消えていくのがわかった。口の中は冷たいけど、舞江と見つめあっているだけで、胸《むね》がほかほかする。

「次に男の子を創造《そうぞう》するときはさ、超絶《ちょうぜつ》イケメンにしよう」

「え、いいの？　御曹司《おんぞうし》設定で八頭身キャラでいい？　あ、次はノートもわたしが選んじゃおっかな？」

舞江が笑うとあたり一面ミントの香りがする。もちろん、とうなずこうとしたら声がした。

「今のちょっと、ひどくない？　容姿《ようし》をランク付けするのはよくないって、君らが言ったんじゃん」

そこに立っているのは、モジャオその人である。手にはジャモカコーヒーのシングルコーンを握《にぎ》りしめている。舞江《まえ》がもう泣きそうな顔になった。

「これ、おいしいね。君らが話しているのを聞いてから、食べるようになったんだよ」

彼は当たり前の顔をして、わたしたちの隣《となり》のテーブルに腰《こし》を下ろした。そのとき、気づいた。わたしはこの角度でこれまで何度かこの人を見ている。ただし、その彼は今より痩《や》せていて、髪《かみ》も黒くてぺたっと頭に張り付いていて、眼鏡もかけていなくて、輪郭《りんかく》が薄《うす》いイメージだった。わたしより早く、舞江があっと叫《さけ》んだ。

「もしかして、君、これまでずっと盗《ぬす》み聞きしてたの？　ストーカーじゃん!?」

「だって、君たち、声めっちゃ大きいんだもん。周りがみんな嫌《いや》そうにしてたの、気づかなかった？　いつも自分らの話に夢中だもんね。きっと、図書館の談話室にいた人、みんながモジャオのことを知っていると思うよ」

彼にそう言われて、わたしたちは真っ赤になった。盛《も》り過ぎだと思いたかったが、カウンターの奥《おく》の女性スタッフ二人が、こらえきれない様子で噴《ふ》き出しているのが目に入って、絶望した。

彼は突然《とつぜん》出現したのではなく、夏の間から、我々《われわれ》のそばにいたのだという。

「心配しないで。僕は幽霊《ゆうれい》じゃない。すぐそこの中学、一年の川島信二《かわしましんじ》って言います」

信二くんは生徒手帳を見せ、全部話してくれた。

中学になってから、学校に行くのがつらくなった。気づいたら、影《かげ》みたいな存在《そんざい》になってしまった。これと言ってキャラクターを打ち出せないまま、話し相手も作れず、部活も何に入っていいかわからないまま、時間だけが過ぎていく。中学に入ってから、みんな互《たが》いを牽《けん》制《せい》していて、何か変なことをしたら、一斉《いっせい》にはやしたてる雰囲気《ふんいき》があって、何もできなくなってしまったのだ。趣味《しゅみ》らしい趣味もないし、一人でも構わない、というほど強くもない。

宿題さえすればなんとかなった小学校のころと違《ちが》い、自主的に勉強しないと、どんどん置いていかれる。でも、制服姿《すがた》になった女の子たちはとにかく眩《まぶ》しかった、と信二くんはきまりわるそうに打ち明ける。あの子が可愛い、あの子はそうでもない、と喋《しゃべ》るときだけは男子の輪に入れるし、唯一《ゆいいつ》みんなと盛《も》り上がれたので、そんな話ばかりしていた。すると、女の子たちが冷ややかになって、慌《あわ》てた。いよいよ朝起きるのがだるくなってきた。夏休みが始まって、家でネットやゲームばかりしていたら、共働きの親にうるさく言われ、小三の弟が甘《あま》えてきてうざったいし、近所の図書館に通ってひがな一日スマホを眺《なが》めて過ごすようになった。

するとと毎日、わたしと舞江《まえ》の話が聞こえるようになる。最初は好きな子か推《お》しの話だと思った。モテるやつはいいな、と苦々しくなった。でも、どんなイケメンアイドルだろうと思ってスマホ検索《けんさく》しても、全く出てこない。そのうち、信二《しんじ》くんはモジャオが実在しない人物だと気づく。なんだ、と拍子抜《ひょうしぬ》けして、正直わたしたちのことをイカれていると思っていたそうだ。それが過ぎると、だんだんイライラしてきた。

「モジャオって別にかっこよくないし、特別、ではないじゃん。なんで君らがそんなに騒《さわ》ぐんだろうって、頭から離れなくなった。だから、君らがノートを落としたとき、読んじゃった」

「ひどい！」

わたしと舞江は口々に叫《さけ》んだ。

「ほんとごめん！　でも、すぐ、呼《よ》び止めたよ？　でも、二人で自転車に乗って行っちゃって、カウンターに届《とど》けたけど、たまたま人もいなくて。どうしても我慢《がまん》できなくなって、うちに持って帰って、じっくり読んだんだよ」

カッとなってわたしがやっつけようとするのを舞江が制し「モジャオは、話を最後まで聞く」と耳打ちしてきた。

「勝手にノート見たのは本当に悪かったと思う。ごめん。でも後悔《こうかい》はしてない。このノートのおかげで、色々うまくいくようになった。カティさんと舞江さんにありがとうって言いたくて」

と、信二くんは恥《は》じ入ったように、頭を下げた。

信二くんは、その夜、ノートを一晩《ひとばん》かけてじっくり読んだ。ところどころメモしつつ、大部分を暗記した。そして、やってみることにした。モジャオだったら、自分にもできるかな、と思えたのだ。インスタに載《の》っているような人気者ノウハウとは全然違《ちが》う。別に成果らしい成果はあげなくてもいいのがありがたい。それに、我々《われわれ》は熱狂《ねっきょう》しているのだから、保証付きだ。手始めに爪《つめ》を切り、手をよく洗《あら》い、歯磨《はみが》きに三分かけるようになった。やることもないし、早めに布団に入るようにした。図書館でモジャオの愛読書リストを順に借りてみたら、イカれたピエロとか幽霊《ゆうれい》だらけのホテルがホラーゲームみたいに面白くて、時間がどんどんすぎていった。母親に声をかけて一緒《いっしょ》にドラッグストアに行って、キュレルをねだった。久しぶりに買い物を手伝ったら、母親はとても喜んで、ふと、申し訳《わけ》なくなった。だから、弟が学童から帰ってくると、好きな昆虫《こんちゅう》のYouTubeに付き合い、お皿を洗《あら》うようになった。同じスイミングスクールだった島田《しまだ》くんに道で会ったとき、思い切って、自分から話しかけた。小学校の高学年からなんとなく疎遠《そえん》になって、会釈《えしゃく》しかしなくなっていた。島田くんは思いがけず喜び、夏の終わりは、一緒に区民プールに出かけるようになった。韓国《かんこく》のアイドルグループのYouTubeを見て、こわごわと踊《おど》ってみたら、父が「うまいじゃないか」と言った。

二学期が始まると、休み中に習得した体でノート作りを頑張《がんば》った。隣《となり》のクラスの島田くんに見せたら「すげえ。色分けとかしてる。まとめもあって、わかりやすいじゃん。テスト前に絶対見せてよ」と褒《ほ》めてくれて嬉《うれ》しかった。夏休みが明けてからクラスメイトの女子たちはいっそう大人びていて、男子はあの子がいい、この子はここが残念といっそう盛《も》り上がっていたが、絶対参加しなかった。女の子の顔や身体をジロジロ見ないようにした。用事があるときは、できるだけ目を合わせて、普通《ふつう》に言葉を交わすようにした。誰《だれ》かが喋《しゃべ》りはじめると、その話が終わるまで、黙《だま》ってとにかく聞いた。すると、不思議なことに、少しずつ、信二《しんじ》くんに話しかけてくれるクラスメイトが男女問わず増えてきたのだそうだ。成績がすごく上がったわけではないのに、MOJA体ノートを貸してと頼《たの》んでくる子も多い。もっと、やってみよう、と決めた。水泳部と天文部に途中《とちゅう》入部した。信二くんの学校は小さな屋内プールしかないせいで水泳部は一年中活動できるものの、部員が少ない。天文部はなおさらだ。だから、一年生というだけで大歓迎《だいかんげい》され、部になじめた。住宅地《じゅうたくち》の夜空でも案外、満月や星がよく見えることに驚《おどろ》いた。上級生たちから放課後、ファストフードに誘《さそ》われるようになった。ラーメンや今川焼きを食べるようになったせいで、よく運動しているにもかかわらず、太ってしまったことは誤算《ごさん》だった。

「毎日泳いでいるせいで、髪《かみ》の色が抜《ぬ》けちゃって、クセがついちゃったんだ。ノートや本を読むことが増えたせいで視力《しりょく》が落ちたから、先週、メガネ作った。本当にごめん。勝手にノートを読んだりして。どんなことでもするよ」

最後まで話し終えて、信二《しんじ》くんはもう一度ぺこりと頭を下げた。わたしと舞江《まえ》は顔を見合わせた。お互《たが》い、何を考えているか、ちゃんとわかっていた。

「罰《ばつ》として」

言いかけて、わたしはすぐに舞江に言葉を譲《ゆず》った。仕切りたがりを、わたしも反省しなきゃ。

「うちの学校の文化祭に来てくれない？　会わせたいクラスメイトがたくさんいるんだ」

信二くんがしばらくして、ホッとしたように笑った。冷たいコーヒーのにおいがする。きっとみんな、彼を好きになるだろう。そうしたら、今度はようちゃんにこのノートを見せてあげるんだ。こちらの事情をみんな話せば、ようちゃんの恥《は》ずかしさだってきっとほどけていくだろう。

わたしたちの声はやはりとても大きいようだ。

店員さん二人が、こちらにバレないように、よかったねえ、というようにお互い目配せしあっている。

YUKIKO TAKADA

高田由紀子

（たかだ・ゆきこ）

新潟県佐渡市出身。『君だけのシネマ』(PHP研究所）で第５回児童ペン賞少年小説賞受賞。『金色の羽でとべ』(小学館）で第5回福井市子どもの本大賞受賞。著書に『青いスタートライン』『ビター・ステップ』『スイマー』(いずれもポプラ社)、『ハッピー・クローバー！』（あかね書房)、『グリーンデイズ』（文研出版）などがある。日本児童文学者協会会員。季節風同人。サークル・拓同人。

HARUMA KOBE

神戸遥真

（こうべ・はるま）

千葉県生まれ。『恋とポテトと夏休み』などの「恋ポテ」シリーズで第45回日本児童文芸家協会賞受賞、『笹森くんのスカート』で令和5年度児童福祉文化賞受賞。また、第21回千葉市芸術文化新人賞奨励賞受賞。ほかの著書に「オンライン・フレンズ」シリーズ（以上講談社)、「ぼくのまつり縫い」シリーズ、『カーテンコールはきみと』(以上偕成社)、『かわいいわたしのFe』(文研出版)、『みおちゃんも猫 好きだよね？』(金の星社)などがある。

FUMINORI ONODERA

小野寺史宜

（おのでら・ふみのり）

1968年千葉県生まれ。2008年『ROCKER』で第三回ポプラ社小説大賞優秀賞を受賞し同作で単行本デビュー。著書に「みつばの郵便屋さん」シリーズ、『町なか番外地』（ポプラ社）、『ホケツ！』『ひと』『まち』『いえ』『うたう』（祥伝社）、『タクジョ！』『モノ』（実業之日本社）、『君に光射す』（双葉社）、『とにもかくにもごはん』（講談社）、『食っちゃ寝て書いて』（KADOKAWA）などがある。

ASAKO YUZUKI

柚木麻子

（ゆずき・あさこ）

1981年生まれ。大学を卒業したあと、お菓子をつくる会社で働きながら小説を書きはじめる。2008年に「フォーゲットミー、ノットブルー」でオール讀物新人賞を受賞してデビュー。以後、女性同士の友情や関係性をテーマにした作品を書きつづける。2015年『ナイルパーチの女子会』で山本周五郎賞と、高校生が選ぶ高校生直木賞を受賞。ほかの小説に『本屋さんのダイアナ』『BUTTER』（新潮文庫）、『終点のあの子』（文春文庫）、『らんたん』（小学館）など。

RIE NAKAJIMA

絵

中島梨絵

（なかじま・りえ）

イラストレーター。滋賀県生まれ。京都精華大学芸術学部卒業。文芸や児童書など書籍装画、教科書の挿絵・表紙、絵本を中心に活動中。絵本に『12星座とギリシャ神話の絵本』（沼田茂美、脇屋奈々代・作／あすなろ書房）、『こわいおはなし　あかいさんりんしゃ』（犬飼由美恵・文／成美堂出版）、『サーカスが燃えた』（佐々木譲・文／角川春樹事務所）、装画に「まんぷく旅籠朝日屋」シリーズ（高田在子・著／中央公論新社）など多数。

AYA GODA

監修

合田 文

（ごうだ・あや）

株式会社TIEWAの設立者として「ジェンダー平等の実現」など社会課題をテーマとした事業を行う。広告制作からワークショップまで、クリエイティブの力で社会課題と企業課題の交差点になるようなコンサルティングを行う傍ら、ジェンダーやダイバーシティについてマンガでわかるメディア「パレットーク」編集長を務める。2020年にForbes 30 UNDER 30 JAPAN、2021年にForbes 30 UNDER 30 ASIA 選出。

Sweet & Bitter
甘いだけじゃない４つの恋のストーリー
気になるあの子の恋

2024年11月30日　第一刷発行

著　高田由紀子　神戸遥真　小野寺史宜　柚木麻子
監修　合田 文

絵　中島梨絵
装丁　原条令子デザイン室

発行者　小松崎敬子
発行所　株式会社 岩崎書店
〒112-0014 東京都文京区関口2-3-3 7F
03-6626-5080（営業）03-6626-5082（編集）

印刷　広研印刷株式会社
製本　株式会社若林製本工場

ISBN 978-4-265-09196-6 NDC913 160P 19×13cm
© 2024 Yukiko Takada, Haruma Kobe, Fuminori Onodera, Asako Yuzuki & Rie Nakajima
Published by IWASAKI Publishing Co., Ltd.
Printed in Japan

岩崎書店HP https://www.iwasakishoten.co.jp
ご意見ご感想をお寄せください。info@iwasakishoten.co.jp

乱丁本・落丁本は小社負担でおとりかえいたします。

本書のコピー、スキャン、デジタル化等の無断複製は著作権法上での例外を除き禁じられています。本書を代行業者等の第三者に依頼してスキャンやデジタル化することは、たとえ個人や家庭内での利用であっても一切認められておりません。朗読や読み聞かせ動画の無断での配信も著作権法で禁じられています。

Sweet & Bitter

スウィート&ビター

甘いだけじゃない
4つの恋の
ストーリー

（全3巻）

人の数だけ、さまざまな恋がある。
恋の多様性をテーマに、豪華な作家陣が贈る
甘いお菓子と甘いだけじゃない恋のアンソロジー。

Series Lineup

1 恋に正解ってある?
佐藤いつ子　高杉六花
額賀澪　オザワ部長

2 気になるあの子の恋
高田由紀子　神戸遥真
小野寺史宜　柚木麻子

3 恋ってそんなにいいもの?
近江屋一朗　清水晴木
織守きょうや　村上雅郁

絵　中島梨絵　　監修　合田 文